IHR RISIKO

IHR RISIKO

Her Risk To Take

⚜

TONI ANDERSON

Übersetzt von
MARTIN WICK

Meiner Leserschaft gewidmet.

Deutsche Bücher von Toni Anderson

KALTE GERECHTIGKEIT SERIE

Ein kalter, dunkler Ort (A Cold Dark Place)

Kalte Jagd (Cold Pursuit)

Kaltes Morgenlicht (Cold Light of Day)

Kalte Angst (Cold Fear)

Kalte Schatten (Cold in the Shadows)

Kaltes Herz (Cold Hearted)

Kalte Geheimnis (Cold Secrets)

Kalte Bosheit (Cold Malice)

Eiskaltes Versprechen (A Cold Dark Promise)

Kaltblütig (Cold Blooded)

KALTE GERECHTIGKEIT – DIE VERHANDLER SERIE

Kalt und tödlich (Cold & Deadly)

Kälter als die Sünde (Colder Than Sin)

Kalte böse Lügen (Cold Wicked Lies)

Kalter grausamer Kuss (Cold Cruel Kiss)

Eiskalt (Cold as Ice)

KALTE GERECHTIGKEIT – MOST WANTED SERIE

Kalte Stille (Cold Silence)

IHR - ROMANTIC-SUSPENSE-TRILOGIE

Ihr Zufluchtsort (Her Sanctuary)

Ihr letzter Ausweg (Her Last Chance)

Ihr Risiko (Her Risk To Take)

ROMANTISCHER MILITÄR-THRILLER
Tödliches Spiel (The Killing Game)

ANDERE DEUTSCHE TITEL
Im Sog Der Gefahr

Wogen Des Zorns

Anmerkung der Autorin

Ich habe diese Serie im Jahr 2021 aktualisiert, der Kern der Geschichte ist jedoch gleich geblieben. Es ist unglaublich schwierig, die eigenen, alten Arbeiten zu überarbeiten, also hoffe ich, dass meine Leserschaft diese Version genauso sehr mag wie das Original, wenn nicht sogar noch mehr.

Hinweis zum Inhalt: In diesem Buch kommen Sexszenen, Schimpfwörter und Gewalt vor (häusliche Gewalt und Gewalt am Arbeitsplatz), die in einem Kriminalroman angemessen sind.

Für weitere Informationen: www.toniandersonauthor.com/content-advisory

Kapitel Eins

Es war November im Treasure State Montana, der Himmel war so blau, dass das Rot des trockenen Grases wie Bronze glühte, und die wenigen verbliebenen Blätter an den Bäumen schimmerten in reinem Gold. Der Duft dunkler Erde stieg auf, erfüllte das Tal und vermischte sich mit dem stechenden Geruch von Pferden, Sattelseife und Leder. Cal Landon straffte den Sattel um weitere zwei Kerben, als die stille braune Stute ihren Kopf drehte, um ihm einen verärgerten Blick zuzuwerfen. Morven war schlau und leicht zu handhaben, aber in letzter Zeit wurde sie fett und faul. Als die beheizte Reithalle gebaut worden war, war die Stute von unschätzbarem Wert gewesen, um Kindern und Erwachsenen das Reiten beizubringen, aber inzwischen dachte Cal, dass sie etwas mehr Bewegung brauchte. Er hatte für Ryan einen Rotschimmelwallach gesattelt und wartete darauf, dass der andere Cowboy nach dem Frühstück auftauchte. Cal zog einen Hufauskratzer aus seiner Gesäßtasche und überprüfte die Hufe der Pferde, um getrocknete Dreckklumpen zu entfernen.

Er und Ryan wollten heute die Zäune unten in der Nähe des Stausees überprüfen. Immer wieder entwischten Rinder auf die Straße, und er wollte nicht, dass sie Unfälle verursachten.

Irgendwo musste ein Draht durchtrennt sein. Er und Ryan hätten mit dem Auto hinunterfahren können, aber die Pferde brauchten Auslauf, und beide machten ihre Arbeit gern auf die altmodische Art und Weise.

Die Triple H Ranch gehörte den Sullivans – Nat und seiner Frau Eliza sowie Nats Geschwistern, den Zwillingen Sarah und Ryan. Cal war seit der Schulzeit eng mit Nat befreundet und arbeitete auf der Ranch, seit er aus dem Gefängnis entlassen worden war. Meistens gelang es ihm, diese dunkle Zeit seines Lebens zu vergessen, und die Sullivans machten es ihm leicht. Sie hatten ihn nie verurteilt, ihm nie etwas vorgeworfen. Ohne ihre unerschrockene Unterstützung hätte er es wahrscheinlich schon vor Jahren verbockt, denn außerhalb der Ranch gaben sich einige Leute alle Mühe, ihn daran zu erinnern, dass er nichts als ein Mörder war.

Eine Brise wehte von der Flathead Range herüber und Frost kündigte sich an.

Der Herbst war eine ruhige Zeit auf der Ranch. Sie hatten ein paar hundert Rinder, die Schutz vor der Kälte und eine konstante Versorgung mit Futter und Wasser brauchten, aber es war keine besonders beschwerliche Jahreszeit. Er und Ryan konnten die Arbeit mit der gelegentlichen Hilfe von Ezra ziemlich gut allein bewältigen, wenn die Arthritis dem älteren Mann nicht zu schaffen machte. Nat und Eliza waren damit beschäftigt, den Bau der Arena zu beaufsichtigen und das Gestüt aufzubauen.

Es lief gut für die Sullivans.

Cal schnappte sich die Satteltaschen, die eine Axt, einen Spaten, ein paar Hämmer, Nägel und einige Rollen Zaundraht enthielten. Genug, um alle eventuellen Lücken zu schließen, bis der Umfang einer ordnungsgemäßen Reparatur beurteilt werden konnte. Er zog seine Arbeitshandschuhe an und schwang sein Bein vorsichtig über den Rücken seines Pferdes. Es tänzelte eine Minute lang, gewöhnte sich an sein Gewicht, beruhigte sich dann und rieb seine Nase an der hölzernen Pforte.

Sarah Sullivan kam aus dem Haus. Sie trug in der einen Hand ihre Arzttasche und in der anderen eine pinkfarbene Hello-Kitty-Lunchbox. Sein Mund wurde trocken, wie jedes Mal, wenn er sie erblickte. Sie winkte und warf ihm ein glückliches Grinsen zu. Er fühlte das antwortende Lächeln auf seinem Gesicht, während sein Herz raste. Ryan kam hinter ihr heraus und trug seine Tochter Tabitha auf dem Arm. Der Cowboy schnallte sein kleines Mädchen in ihren Autositz, gab ihr einen lauten, schmatzenden Kuss, der sie zum Kichern brachte, und ging dann im Laufschritt zu Cal hinüber.

Cal sah Sarah nach, als sie wegfuhr.

„Du solltest dein Glück bei ihr versuchen", meinte Ryan, als er auf sein Pferd stieg.

Cal kniff die Augen zusammen. „Das ist deine Schwester, von der du da sprichst."

Ryan schnaubte. „Ja, aber ich bin nicht derjenige, der sich auf sie stürzen will."

Cal ignorierte ihn und drängte Morven, am Farmhaus vorbeizutraben, aber Ryan war noch nicht fertig. Wenn die Zwillinge etwas gemeinsam hatten, dann war es die Unfähigkeit, irgendetwas, was sie dachten oder fühlten, für sich zu behalten. Meistens bedeutete das, dass Cal den ganzen Tag nicht mehr als zwei Worte sagen musste, was ihm ganz recht war. Aber es gefiel ihm nicht, wenn er im Mittelpunkt der Unterhaltung stand.

„Niemand lebt ewig, Bruder." Der Wind raschelte durch die nahen Espen, ließ Äste knacken und bereitete Cal trotz Flanellhemd und Schaffelljacke eine Gänsehaut. „Sei dir nicht so sicher, dass sie ewig auf dich warten wird."

Himmel, dieser Gedanke war deprimierend, aber Ryan hatte seine Jugendliebe an Krebs verloren, also wusste niemand besser als er, dass das Leben kurz war und einem alles Gute in einem Wimpernschlag entrissen werden konnte.

Aber Sarah Sullivan war zu gut für ihn. Sie war Ärztin. Er war ein entlassener Strafgefangener.

„Ich weiß nicht, wovon du sprichst." Er grub seine Fersen in die Rippen des Pferdes. Das Tier preschte vor, und Cal würde lügen, wenn er sagte, dass es ihn nicht freute, Ryan auf dem Weg zum Stausee zu schlagen. Aber der Typ war immer noch nicht fertig.

„Ich weiß, was du für sie empfindest. Ich sehe es jedes Mal, wenn du sie ansiehst."

Cal erstarrte und zuckte dann mit den Schultern. Es war schwer, einen Mann anzulügen, mit dem er in den letzten zehn Jahren täglich zusammengearbeitet hatte.

„Sie empfindet das gleiche."

„Hat sie dir das gesagt?" Cal warf Ryan einen argwöhnischen Blick zu.

„Ich weiß es einfach."

Cal schnaubte. „Du bist ein Idiot."

„Danke gleichfalls, Bruder."

Cal rollte mit den Augen, während er seinen Blick über den Draht schweifen ließ. Er streckte den Arm aus. „Da liegt das Problem." Ein Baum war an der Stelle umgestürzt, wo der Zaun durch ein kleines Wäldchen führte.

„Hast du die Axt mitgebracht?", fragte Ryan.

„Ja."

Ryan rollte mit den Schultern. „Sieht so aus, als würden wir heute ein ordentliches Krafttraining absolvieren."

Cal schnaubte. Solange er nicht über seine Gefühle Sarah gegenüber sprechen musste, war das in Ordnung.

Der schnaufende Atem der Pferde in der kalten Morgenluft wurde begleitet vom Knarren von Leder und dem Klirren der Geschirre.

„Erinnerst du dich, was du nach Beckys Tod zu mir gesagt hast?", fragte Ryan leise.

Cal erstarrte. Das war das erste Mal seit ihrem Tod, dass Ryan den Namen seiner Frau aussprach. „Ich erinnere mich", bestätigte er.

„Manchmal kann man nichts anderes tun als einfach weiterzuatmen ...“

Cal nickte und blickte geradeaus.

„Du hattest recht, Cal. Diese Worte haben mich durch die ersten paar Tage, durch die erste Woche ohne sie gebracht. Verdammt, vielleicht sogar durch das ganze erste Jahr.“ Cal warf Ryan einen kurzen Blick zu. Dieser schüttelte heftig den Kopf, als wolle er seine Gedanken ordnen. „Ich kann mich überhaupt nicht an diese Zeit erinnern. Nur an den Schmerz und an die Tatsache, dass du sagtest, ich solle einfach weiteratmen.“ Ryan schluckte wiederholt. Cals Finger schlossen sich fester um die Zügel. „Ich erinnere mich nicht an Tabitha als Baby – ohne Nats Fotos könnte ich sie mir überhaupt nicht vorstellen.“ Ryan hatte seine Tochter völlig vernachlässigt und sie zu Unrecht für den Tod seiner Frau verantwortlich gemacht. „Dafür hätte Becky mir das Fell über die Ohren gezogen. Verdammt, stell dir vor, sie wüsste alles andere ...“

Cal schloss seine Augen angesichts des Schmerzes in der Stimme seines Freundes. Es war die schlimmste Zeit gewesen, die man sich vorstellen konnte, und sie hätten auch Ryan beinahe verloren. Es hatte fast zwei Jahre gedauert, in denen er in Alkohol und Frauen ertrunken war, bis Ryan das Licht am Ende des Tunnels gesehen hatte. Cal konnte endlich die Erkenntnis in Ryans Stimme hören, dass er ohne sie weitermachen musste, ohne die Liebe seines Lebens.

Das sollte niemand durchmachen müssen.

Ryan räusperte sich. „Deine Worte haben mich gerettet, als ich gerettet werden musste.“

Manchmal kann man einfach nur weiteratmen ...

Der Cowboy blickte auf das silberne Wasser des Stausees, in dem sich die Berge in ihrer ganzen Pracht spiegelten. „Die Sache ist, dass du irgendwann mehr brauchst als nur Luft zum Atmen.“

Cal wusste, worauf das hinauslief. Er schüttelte den Kopf. „Nein. Nicht jeder.“

Ryan packte Morvens Zaumzeug, brachte ihre Pferde zum Stehen und zwang Cal, ihm in die Augen zu sehen. „Jeder. Sogar du."

Sie waren jetzt fast im Wald. Cal glitt aus dem Sattel und duckte sich unter den Kopf der Stute, führte sein Pferd ein Stück weiter, bevor er es an einen Ast band. Er hatte nicht vor, mit Ryan über das Leben, das Glück oder seine Erwartungen zu streiten. Verglichen damit, wo er gewesen war, war dies ein Paradies, und es verging kein Tag, an dem er Gott nicht für die Sullivans und die Triple H Ranch dankte. Und was war schon dabei, wenn seine Träume manchmal zu einer gewissen zierlichen, frechen Rotblonden abschweiften? Das war allein seine Sache, und es bedeutete nicht, dass er beabsichtigte, sich an sie heranzumachen.

Er zog seine Jacke aus. „Gib mir die Axt", befahl er.

Ryan hielt sie ihm mit einem Grinsen hin. „Solange du nicht voll auf *Brokeback Mountain* machst."

Cal packte den Holzgriff und stellte sich breitbeiniger auf. „Ich dachte eher an *Shining*, Idiot."

„Du meinst einen scheinenden Idioten?" Ryan brach in Gelächter aus.

Wumm.

Cal kanalisierte seine Energie in den fußbreiten Stamm der umgestürzten Birke und betete, dass er Manns genug war, seine Faust nicht in Ryans gutaussehendes Gesicht zu rammen. Wumm. Es war großartig, dass sein Freund nach seiner eigenen Tragödie endlich nach vorn schaute. Aber das bedeutete nicht, dass sich für Cal etwas geändert hatte, und er ging auch nicht davon aus, dass sich noch etwas ändern würde.

Kapitel Zwei

23. NOVEMBER

Sarah Sullivan steckte die Arme durch die Ärmel ihrer Daunenjacke und ihre nackten Füße in schwere, robuste Winterstiefel, dann schlüpfte sie durch die Küchentür hinaus. Einer der Farmhunde, Blue, kam mit ihr nach draußen und blickte mit erwartungsvollen, hellbraunen Augen zu ihr hoch, als ob er sich fragte, auf welches Abenteuer sie sich nun einließen.

Sie rieb seine seidigen Ohren. Sie war tatsächlich zu einem Abenteuer unterwegs, aber sie hatte keine Ahnung, wie es ausgehen würde. Es war drei Uhr nachts, und wieder einmal hatte sie nicht schlafen können. Sie hatte sich im Bett hin und her gewälzt, war ihre Optionen durchgegangen. Ihr Problem befand sich etwa hundert Meter entfernt in Richtung der Wälder. Sarah versuchte, etwas Mut aufzubringen, stand da und blickte sich auf der Ranch um, auf der sie aufgewachsen war. Die Sullivans hatten die Triple H bewirtschaftet, seit ihr Ur-Urgroßvater sich 1889 auf dem Land niedergelassen hatte, noch im selben Jahr, als Montana der Union beigetreten war.

Und dieses Jahr hätten sie beinahe jeden Zaunpfosten, jeden letzten Grashalm verloren. Sarah hätte beinah das Zuhause verloren, in dem sie aufgewachsen war, die wertvollen Pferde ihres Vaters, das edle Porzellan ihrer Mutter.

Beinah wäre es eine furchtbare Zeit für sie alle geworden, aber sie hatten es geschafft. Sie hatten durchgehalten. Hatten ausgeharrt. Denn das war es, was Leute taten, die vom Land lebten. Ihre Rettung war in Gestalt von Eliza aufgetaucht, und Sarah war keinem anderen Menschen jemals so dankbar gewesen, nicht nur dafür, ihre Ranch gerettet zu haben, sondern viel wichtiger noch, dafür, Nat zu lieben.

Ihr Dad hatte immer gesagt, wenn einem etwas einfach in den Schoß fiel, konnte es nicht viel wert sein. Aber es war trotzdem hin und wieder schön, aufatmen zu können.

Sarah war immer das „brave Mädchen" gewesen, diejenige, die hart gearbeitet hatte, gute Noten bekommen und ältere Menschen mit Respekt behandelt hatte. Zum Medizinstudium war sie fortgegangen, aber sie hatte immer Heimweh nach der Ranch gehabt. Sie hatte es geschafft, eine Stelle als Assistenzärztin in der Nähe zu ergattern, und war nach Hause zurückgekehrt, sobald sie ihr Studium beendet hatte. Das Studium hatte ein Vermögen gekostet, und sie schuldete ihren Eltern alles. Aber mehr noch, sie war ein häuslicher Mensch. Sie liebte dieses Land, hielt es für den schönsten Ort auf der ganzen Welt. Als dann zuerst ihr Vater und kurz darauf Becky krank geworden waren, hatte ihre medizinische Ausbildung dabei geholfen, sie durch den Behandlungsprozess zu führen und die Optionen zu verstehen, die sich für sie ergaben. Anschließend, als Ryan mehr oder weniger den Verstand verloren und ihre Mutter dann noch einen Herzinfarkt erlitten hatte, hatte Nat sie gebraucht, und vor allem hatte ihre kleine Nichte sie gebraucht. Sarah hatte den Entschluss, zu bleiben, niemals bereut, hatte fast ein schlechtes Gewissen gehabt, so ein Glück zu haben. Sie war stolz auf sich, auf ihren Job, auf ihre Werte, aber sie hatte es satt, immer das brave Mädchen zu sein. Nach Monaten – wenn nicht sogar nach Jahren – in denen sie zu viel Angst davor gehabt hatte, sich das zu nehmen, was sie wirklich wollte, hatte sie endlich einen Entschluss gefasst. Sie würde nicht mehr länger darauf warten, dass das Leben für sie anfing. Es war ihre Entscheidung. Ihr Herz, das Gefahr lief, gebrochen zu werden.

Früher am Abend hatte es geschneit – eine Vorahnung dessen, was kommen würde. Der Frühling war dieses Jahr so spät gekommen, dass sie kaum Zeit gefunden hatten, an den Blumen zu riechen, bevor der Winter sich ihnen schon wieder mit aller Macht entgegengeworfen hatte, aber daran war sie gewöhnt.

Der Wechsel der Jahreszeiten machte ihr allzu bewusst, dass sie älter wurde, etwas, das sie nicht länger als selbstverständlich ansah. Bei ihrer Arbeit wurde sie regelmäßig mit dem Tod konfrontiert – sie arbeitete in der Notaufnahme des Kreiskrankenhauses. Aber die letzten Todesfälle hatten ihr so viel persönlichen Kummer beschert, dass sie sich manchmal fragte, wie sie es überhaupt ausgehalten hatten – vor drei Jahren war ihr Vater gestorben, gefolgt von ihrer Schwägerin, die genauso alt wie sie gewesen war, und schließlich, im letzten Frühjahr, ihre Mom ... Emotionen wallten in ihr auf, aber sie zwang sie wieder hinunter. Tränen halfen nicht. Sie würde nicht länger darauf warten, dass dickköpfige, sture Cowboys endlich in die Gänge kamen.

Ein Schauder der Aufregung schoss durch sie hindurch, als sie durch die dünne Decke aus Neuschnee stapfte. Der Schnee knirschte unter ihren Stiefeln. Es hatte gerade genug geschneit, um die Erde in Weiß zu hüllen und ihren Pfad zur Tür einer der Hütten mit entschlossenen Schritten zu markieren. Es war ihr egal, ob jemand die Spur sah. Sie kümmerte sich nicht mehr darum, etwas verstohlen oder heimlich zu tun.

Die Sullivans vermieteten die Hütten nicht mehr an Urlauber. Sie wollten keine Fremden auf dem Anwesen haben, bis all der Aufruhr aus New York City abgeklungen war. *Es kam nicht jeden Tag vor, dass ein Mafioso auf unserem Anwesen erschossen wurde.* Also war jeder der beiden Rancharbeiter aus der Baracke, die sie sich geteilt hatten, in eins der Ferienhäuschen gezogen. Ezra war in die

Hütte gezogen, in der Eliza ursprünglich gewohnt hatte, und Cal wohnte nun nebenan. Entschieden marschierte Sarah auf seine Tür zu.

In der Dunkelheit heulte ein Wolf, und die Pferde in der Scheune wieherten leise. Um acht Uhr begann Sarahs Schicht im Krankenhaus. Sie war müde, aber entschlossen. Cal verhielt sich ihr gegenüber so dermaßen respektvoll, dass sie beide in Schaukelstühlen auf der Veranda sitzen würden, bevor sie überhaupt nur Händchen hielten. Nun würde Sarah stattdessen seine Welt auf den Kopf stellen.

Der Hund an ihrer Seite wedelte mit dem Schwanz, als sie die zwei Stufen hinaufging und die kleine Veranda überquerte. Sie drückte die unverschlossene Tür auf und schlüpfte lautlos in die Hütte. Dann zog sie die Tür wieder zu, während Blue sich vor dem Holzofen zusammenrollte, der die Hütte mit Wärme erfüllte. Leise legte Sarah ein paar Holzscheite nach. Manche Angewohnheiten überwand man in diesem Teil der Welt nur sehr schwer.

Dann zog sie ihre Stiefel aus, hängte ihre Jacke über die Couchlehne und zog ein Kondom aus der Jackentasche. Sie würde sich nicht von Ausreden abhalten lassen, er wäre nicht gut genug für sie. Sie war auf alles gefasst – sogar Abweisung, falls sie sein Desinteresse als Zurückhaltung missverstanden hatte. Dann atmete sie tief durch und ging auf Cals Schlafzimmer zu. Es war dunkel. Pechschwarze Nacht. Sie hörte das leise, regelmäßige Atmen eines tief schlafenden Menschen. Im Zimmer schwebte der verführerische, männliche Geruch des Cowboys, in den sie seit Jahren verliebt war. Sie zog sich ihr enges Wollkleid über den Kopf und ließ es zu Boden gleiten. Sie trug keine Unterwäsche.

Vorsichtig tastete sie sich weiter, fand den Bettpfosten aus Messing und legte ihre Finger um den kühlen Knauf. Was würde sie tun, wenn er sie abwies? Sie biss sich auf die Unterlippe.

Die Angst vor Abweisung hatte sie jahrelang dazu veranlasst, diesen Mann nur aus der Ferne zu bewundern. Zu viel Angst, zu handeln, zu schüchtern, um den ersten Schritt zu machen. Jetzt stand sie nackt in seinem Schlafzimmer, und es war ein bisschen zu spät, um es sich anders zu überlegen.

Das erste Mal hatte sie Cal Landon zusammen mit ihrem großen Bruder Nat gesehen, als die beiden dreizehn Jahre alt gewesen waren und sie ein blauäugiges Mädchen. Er war der Rabauke der Stadt gewesen, hübsch anzuschauen und mit einem teuflischen Funkeln in seinem Grinsen. Sogar damals schon hatte sie ihn geliebt, auch wenn es nichts weiter als eine Schwärmerei gewesen war, die Sarah dazu gebracht hatte, sich wie ein Wurm am Haken zu winden, wann immer ihr Bruder sie damit aufgezogen hatte. Im darauffolgenden Jahr hatte Cal sich seinen Ruf als Bad Boy mit einer Verzweiflungstat verdient, die ihn zehn lange Jahre aus ihrem Leben gerissen hatte. Als er zurückgekommen war, war er verändert gewesen. Es hatte lange gedauert, bis er wieder gelächelt hatte, Jahre, bis er zu dem Mann geworden war, der er schon immer hatte werden sollen.

Sie liebte die Linien auf seinem Gesicht, die kantigen Züge, die unfassbar ruhigen hellbraunen Augen, denen nichts entging. Sie trat an die Seite seines Betts, legte das Kondom auf den Nachttisch. Sein Atmen veränderte sich.

„Sarah?"

Er war aufgewacht. Wenigstens hatte er den richtigen Namen gesagt.

„Mhm", murmelte sie und hoffte, die Unterhaltung vermeiden zu können, die damit endete, dass er ihr sagte, er würde nicht *so* für sie empfinden, sondern dass sie für ihn wie eine *Schwester* war. Sie schlüpfte unter seine Decke, ließ ihre Hände über seine Brust gleiten und zog ihn an sich. Sie schmiegte sich an ihn, ihre kühlen Brüste fest an seine glühende Haut gepresst, streckte die Beine entlang seinen viel haarigeren Beinen aus und steckte ihre Füße dazwischen.

„Das muss ein Traum sein."

„Vielleicht träumen wir ja beide." Sie küsste seinen Rücken, langsam, zärtlich. Fuhr mit ihren Fingern über seine festen, starken Muskeln, die sich hart wie Stahl angespannt hatten. Ihre Finger wanderten nach oben und sie küsste seinen Nacken, vergrub die Nase in seine kurzen Haare, dankbar dafür, dass er nicht vor ihr zurückwich.

Ermutigt glitt ihre Hand nach unten, und sie spürte, dass er bereits steif war.

Wenn er nach heute Nacht nicht anfing, *so* für sie zu empfinden, waren sie dem Untergang geweiht, und sie konnte sich genauso gut auf ein gebrochenes Herz einstellen. Sie begann, ihn zu streicheln, von der Spitze bis zum Schaft, und schauderte erwartungsvoll. Sie hatte sehr viel Zeit damit verbracht, sich das hier vorzustellen. Cal schien die Luft anzuhalten. Mit ihrer Zunge glitt Sarah über seinen Rücken, wanderte über die Haut, die sie gesehen, aber nie zuvor geschmeckt hatte. Dann, als sie sich gerade sicher war, dass er sie nicht zurückweisen würde, legte er seine Hand über ihre und verstärkte ihren Druck. Er stöhnte und drängte gegen ihre Handfläche, und sie konnte spüren, wie sein ganzer Körper bebte.

„Ich träume definitiv.“

Sarah war nie in ihrem Leben besonders angriffslustig in Sachen Sex gewesen, aber sie war auch keine Jungfrau. Im College hatte sie Beziehungen gehabt, aber bei keinem von ihnen hatte sie sich so lebendig gefühlt wie mit diesem Kerl hier, noch so unsicher. Sie hatte gesehen, wie andere Frauen ihn anschauten, wenn sie zusammen in der Stadt waren, um Besorgungen zu machen. Er war verdammt attraktiv und auch nicht gerade ein Mönch. Aber Sarah war nicht bereit, ihn am Ende mit jemand anderem zu sehen, nur weil sie nicht den Mumm aufgebracht hatte, den ersten Schritt zu wagen. Und was erste Schritte anging, war das hier einfach der Hammer.

Sie küsste erneut seinen Rücken, kratzte mit ihren Zähnen über die weiche, gebräunte Haut, liebte es, wie sich seine eisernen Muskeln unter ihren Lippen anfühlten. Sie spürte, wie sich sein harter Körper weiter anspannte, hörte, wie sein Atem immer schneller ging, während sie ihn schneller rieb. Sie knabberte an seiner Schulter. Der Kerl kam ihr nicht das kleinste bisschen entgegen, beinahe so, als ob er Angst hätte, den Zauber zu brechen. Das sollte ihr nur recht sein. Die Vorstellung, das Tempo vorzugeben, bei dieser ersten Begegnung zwischen ihnen die Zügel in der Hand zu halten, war berauschend. Sie griff hinter sich und tastete nach dem Kondom auf dem Nachttisch, riss vorsichtig die Verpackung auf und rollte es über seinen Ständer, wurde selbst ganz feucht vor Erwartung, als sie Cal auf den Rücken drehte.

Die Bettfedern quietschten, als sie sich rittlings auf ihn setzte.

„Sarah, ich–"

Er würde ihr sagen, dass er das nicht wollte, und sie wollte es nicht hören. Sie legte ihm einen Finger auf die Lippen, und er verstummte augenblicklich. Sie rieb sich an ihm, bis er sich nur noch auf sie konzentrierte, nicht mehr länger darauf, zu sprechen oder zu denken. „Ich will dich, Caleb Landon. In mir. Bitte, sag, dass du mich auch willst."

Seine Finger krallten sich so fest in ihre Oberschenkel, dass sie morgen blaue Flecke haben würde. Sie ließ nur die Spitze seiner Erektion in sich hineingleiten, und er stöhnte auf, als sie sich wieder von ihm hob – neckend, bedenkenlos. Möglicherweise aufreizend. Forderte ihn heraus, sich zu nehmen, was sie ihm anbot – auf sie *beide* zu wetten.

Ihre Finger wanderten tiefer, legten sich um seinen Ständer, massierten ihn, bis sie ihn unter ihren Schenkeln beben fühlte.

„Willst du mich nicht, Cal?", fragte sie, umkreiste ihn nun mit ihrer anderen Hand. Die Worte hatten eine Herausforderung sein sollen, aber sie klangen eher wie ein Flehen. Endlich bewegten sich seine Hände, griffen nach ihrem Hintern und zogen sie fester an sich. Cal setzte sich auf und hob sie auf sich, und Sarah schloss die Augen, als die Lust durch sie hindurchschoss. Sie ließ sich sinken, nahm ihn tief in sich auf, schrie auf, als ihr Körper explodierte. Sie kam tatsächlich so schnell.

Das kam davon, wenn man jahrelang über einen Kerl fantasierte und ihn endlich da hatte, wo man ihn haben wollte.

Dann fing er an, sie zu küssen, bewegte sich aber nicht, auch wenn sie ihn dick und heiß in sich spüren konnte, wie er sie ganz ausfüllte. Seine Zunge fuhr über ihr Schlüsselbein, dann weiter hinunter, und er nahm ihren Nippel in den Mund. Sie hatte keine besonders große Oberweite, aber er nahm ihre Brust in eine Hand und leckte mit der Zunge über die empfindliche Perle.

Dann wechselte er die Seiten und machte sie wahnsinnig vor Verlangen, sich zu bewegen, während er sie fest an sich gepresst hielt.

Sie wand sich, als Lust durch sie hindurchpeitschte. Cal stöhnte, als sie sich an ihm rieb, ihn mit ihren inneren Muskeln umklammerte, weil er ihr nicht die Bewegung zugestand, nach der sie sich verzehrte. Endlich gruben sich seine Finger in ihr weiches Fleisch, und er stieß in sie hinein. Sarah warf vor lauter Staunen den Kopf in den Nacken, hielt sich an seinen breiten Schultern fest, wünschte, sie könnte ihn sehen, auch wenn sie wusste, dass Cal, wäre das Licht angewesen, ihr nicht in die Augen hätte schauen können, geschweige denn, sie um den Verstand vögeln.

Das würde sie ändern.

Unter ihr veränderte Cal seine Position, verankerte sich in ihr, während er sich hinkniete und sie Richtung Matratze drückte, sodass sie nun auf dem Rücken lag und er zwischen ihren Beinen. Er spreizte ihre Knie und stieß tiefer, härter in sie hinein.

Ihre Fingernägel gruben sich mit jeder Bewegung in seine Schultern.

Sie hatte erwartet, dass Cal ein zärtlicher, gezügelter Liebhaber sein würde – er tat alles andere mit einer derart langsamen Ehrfurcht, vor allem in ihrer Gegenwart. Normalerweise behandelte er sie, als ob sie sechzehn Jahre alt wäre und noch nie geküsst worden war. Aber das hier war wild und heftig, und sie kam ihm entgegen, krallte ihre Nägel in seine Haut, bemühte sich, ihn noch enger an sich zu ziehen, während er mit so viel Ehrfurcht in sie hineinhämmerte wie ein Hirsch in der Brunft.

Sie liebte es. Wieder baute sich die Lust in ihr auf. Diese kribbelnde Erwartung und der Drang nach einem Höhepunkt breiteten sich in ihr aus und ließen sie wild und fiebrig werden, während sie sich an ihn klammerte und der Schweiß seinen Körper immer glitschiger machte. Sie spürte, wie der Orgasmus in ihr aufstieg. Wie ein sich langsam vorwärtswalzender Tsunami wogte er immer höher und höher, dann stürzte er über sie hinweg, gerade in dem Augenblick, als sich Cals ganzer Körper über ihr anspannte und er einen Schrei ausstieß, der sich direkt aus seiner Seele loszureißen schien. Ihr Herz hämmerte, ihr Puls raste. Sie schlang ihre Beine um seine Taille, noch während er sich aus ihr herauszog und sich auf sie legte.

Langsam stieg die Stille zwischen ihnen auf. Dröhnend und ohrenbetäubend.

Mist.

Sie wollte seine Reue nicht hören. Sie fing an, ihn zu küssen, langsam und zärtlich, hoffte, er würde ihr nicht gleich erzählen, dass diese ganze Sache ein riesiger Fehler gewesen war.

CAL HATTE WIRKLICH GEGLAUBT, er würde träumen. Er träumte oft von Sarah. Sexy nackte, nicht jugendfreie Träume, für die er sich richtigen Ärger einhandeln und gefeuert werden würde, sollte Nat jemals davon erfahren – nicht, dass er irgendwelche Absichten hatte, diese Träume Sarah oder ihren Brüdern zu erzählen. Träume, die zu träumen er kein Recht hatte, nicht einmal unterbewusst. Aber er konnte sie nicht kontrollieren und hatte gelernt, mit ihnen zu leben, wusste, dass es alles war, was er jemals haben würde, also konnte er sie ebenso gut genießen.

Bis sie sich also in der Dunkelheit rittlings auf ihn gesetzt hatte und er die weiche Haut ihrer Oberschenkel berührt hatte, was sich tausendmal atemberaubender angefühlt hatte, als er es für möglich gehalten hätte, hatte er tatsächlich geglaubt, er hätte einen besonders lebendigen, verdammt herrlichen Traum.

Dann hatte sie gesprochen. *Ich will dich, Caleb Landon. In mir. Bitte, sag, dass du mich auch willst.*

Sie wollen?

Sie *wollen?*

Sein Herz raste, während er auf ihr lag. Er musste sie zerquetschen, aber er wagte nicht, sich zu bewegen, aus Angst vor dem, was sie sagen würde. Er schloss die Augen. Cal hatte sie seit Jahren begehrt, aber sie war die jüngere Schwester seines besten Freundes und eine bedeutende Mitbürgerin ihrer Stadt. Er hingegen war nichts als ein ehemaliger Häftling, ein Cowboy mit Blut an den Händen. Genug Leute hassten ihn bereits jetzt und waren mehr als gewillt, alles zu zerstören, was ihm im Leben jemals wichtig gewesen war – wenn er ihnen die Chance dazu gab. Niemals würde er irgendjemandem die Gelegenheit dazu geben, einem der Sullivans etwas anzutun, ganz besonders nicht Sarah.

Ihre Wärme umfing ihn, als ihre Brust sich mit ihrem Atem hob und senkte. Feuchte Haut klebte an seiner. Ihre Haare streiften über seine Wangen, ihr Duft sauber und frisch wie ein Kiefernwald im Winter.

Scheiße.

Sarah war nicht irgendeine Frau, die ihn in einer Bar angemacht hatte. Sie war nicht irgendein namenloser One-Night-Stand, was alles war, was er sich normalerweise erlaubte. Sie war eine seiner besten Freundinnen. Himmel, wem wollte er denn hier etwas vormachen? Sie bedeutete ihm mehr, als er zugeben wollte, sogar vor sich selbst.

Was zur Hölle hatte er getan?

Hatte sie mit all der Finesse eines jungfräulichen Teenagers flachgelegt – auch wenn man der Fairness halber sagen musste, dass sie in *sein* Bett gekrabbelt und die Finger um *seine* Morgenlatte gelegt hatte. Gott, schon allein bei dieser Erinnerung wurde er wieder hart. Er wollte sich von ihr lösen, aber ihre Lippen berührten den Rand seiner Schläfe, und diese Liebkosung war so süß, so liebevoll, dass er sich nicht mehr bewegen konnte. Sie hielt ihn an Ort und Stelle fest, so sicher wie Gitterstangen es getan hätten. Ihre Zunge berührte sein Ohr, schickte ein Schaudern durch ihn hindurch, das beinahe schmerzhaft war. Ihre Hände glitten seinen Rücken hinunter, die Finger über seinen Hüften gespreizt, und gruben sich schließlich in seinen Hintern. Er lag zwischen ihren Beinen versunken, und das Verlangen, sie wieder zu lieben, rauschte durch seine Adern wie eine Sucht, bettelte ihn an, es wieder zu tun.

Er war sowas von am Arsch.

Cal zog sich zurück und entsorgte das Kondom. Griff nach einem neuen aus einer Schachtel im Nachttisch. Waren nicht einmal seine. Er nahm an, Ryan hatte diese Hütte benutzt, um Frauen abzuschleppen, bevor Cal im Sommer hier eingezogen war. Das Ablaufdatum war aber noch nicht überschritten. Er hatte extra nachgeschaut. So viel zum Thema optimistisch.

„Für einen Moment dachte ich, du wolltest wegrennen ...“ Er hörte ein Lächeln in ihrer Stimme, aber er hörte auch die Unsicherheit. *Sie* sollte wegrennen. Schnell und entschlossen.

Er war sich nicht sicher, was sie hier machte, abgesehen vom Offensichtlichen. Er würde ihr niemals mehr als ein bisschen Lust bieten können. Aber das konnte er ihr nicht sagen. Nie im Leben würde er sie verletzen. Der Gedanke daran, Enttäuschung in den Augen dieser Frau aufblitzen zu lassen, zog ihm den Magen zusammen. Sie war die intelligenteste, fleißigste Person, der er jemals begegnet war. Einschließlich jeden Cowboys, Ranchers, Waldarbeiters oder gottverdammten Polizisten auf der Welt. Sie machte nie eine Pause. Weder im Krankenhaus noch hier auf der Ranch, noch dabei, sich um ihre Nichte und Familie zu kümmern. Sie machte keinen Urlaub. Ging nie auf Dates. Hatte einfach keine Zeit, mit jemandem auszugehen. Verdammt. Kein Wunder, dass sie scharf war.

Das war etwas, was er ihr geben konnte. Solange niemand davon wusste, solange sie nicht zu einer Zielscheibe wurde.

Er beabsichtigte, die Lampe auf dem Nachttisch anzumachen, aber er wollte nicht, dass sie ihn anschaute, seine Tattoos entdeckte, die eine konstante Erinnerung an das waren, was er getan hatte und wo er gewesen war. Oder an den Mann, der er wirklich war. Er wollte nicht dabei zusehen müssen, wie sich Verlangen in Abscheu verwandelte. Er zog den Vorhang auf und ließ den Mond das Zimmer in ein vertrautes, silbernes Licht tauchen. Sarah lag auf dem Bett, die Beine ausgestreckt, ihre Haare auf den Laken eine zerzauste Wolke, und schaute ihn an. Nicht einmal ansatzweise verlegen oder befangen.

Nicht das, was er erwartet hatte.

Ein Lächeln legte sich auf ihre Lippen, und er musste den Kopf schütteln, um sicherzustellen, dass er wirklich nicht träumte. Vielleicht hatte ihm irgendjemand etwas ins Bier getan? Was auch immer es war, er würde sich ohne Bedenken einen lebenslangen Vorrat davon anlegen wollen.

Sie mussten das hier geheim halten. Sie lebten mitten im Nirgendwo, isoliert und abgeschieden. Niemand musste davon erfahren. Sarah würde durch die Verbindung zu ihm nicht beschmutzt werden, solange sie es für sich behielten. Er nahm ihren Fuß in die Hand und küsste die Innenseite ihres Knöchels. Sie zuckte zusammen. Er hatte ganz vergessen, wie kitzelig sie war. Seine Lippen wanderten ihr Bein hinauf. Sie war klein, perfekt. Schlank, aber mit den richtigen Kurven, wunderschön, nackt und, *ja verdammt*, wirklich hier. Wieder begann das Blut durch seine Adern zu rasen, aber diesmal war es umso unglaublicher, weil er wusste, dass sie echt war, dass es tatsächlich passierte. Sie war zu ihm gekommen. Damit hatte er nie im Leben gerechnet, aber sie war da, und er war hin- und hergerissen zwischen dem Verlangen, sein Glück in die Welt hinauszuschreien, und Sarah ganz weit wegzuschicken, damit sein Makel nicht auf sie abfärbte.

Tagsüber waren ihre Augen von einem kühlen Blaugrau, aber in diesem Moment waren sie so dunkel wie die Nacht, als sie ihn näher und näher kommen sah, zu einer Stelle ihres Körpers, die er unbedingt schmecken wollte.

Sie stützte sich auf den Ellenbogen ab, beobachtete ihn dabei, wie seine Zunge an der empfindlichen Haut zwischen ihren Beinen entlangglitt. Seine Haut war dunkel im Vergleich zu ihrer Blässe. Ihr Duft stieg ihm in die Nasenlöcher, und er verlor den Verstand. Ihr Geschmack auf seinen Lippen überwältigte ihn, und er wusste, dass er ihre Essenz niemals wieder vergessen würde. Es würde ihn für alle Ewigkeit in den Wahnsinn treiben, allein ihren Geschmack zu kennen. Bei dieser Vorstellung versank seine Zunge tiefer, liebkoste sie, neckte sie, presste gegen ihren Kitzler, bis ihr der Mund auffiel und ihr Kopf in den Nacken sank und sie aufstöhnte. „Oh, Gott. Nicht aufhören.“

Das hatte er auch nicht vor.

Noch nicht.

Er schob sie das Bett hoch, sodass ihre Knie über seinen Schultern lagen und er sie mit neckischen Liebkosungen und Lecken verschlang, bis sie am ganzen Körper zu beben begann, kurz vor dem Höhepunkt stand. Er wollte sie am liebsten stundenlang auf die Folter spannen, aber ihre Hände drängten sich zwischen seine Beine, und sie fand ihn, ihre Finger stark und beweglich – erfahren. Ihre Blicke trafen sich, und er kam beinah auf der Stelle.

Sie war vollkommen anders, als er es sich vorgestellt hatte. Sie war unendlich viel mehr.

Er löste sich von ihrer Mitte und erkundete sie weiter, streifte ihren Nabel, bevor seine Zunge sich ihren Brüsten zuwandte. Er nahm ihre Brust in seine Hand, leckte sie, sah zu, wie ihre Nippel im Mondlicht ganz steif wurden. Ihre Hüften wanden sich, als ihre Hände ihn liebkosten. Er wünschte, sie könnten immer so weiter machen. Wollte nicht daran denken, warum sie das nicht konnten.

Sarah griff nach dem Kondom, wo er es fallen gelassen hatte. Riss die Folie auf und zog es ihm mit geübten Fingern über.

„Du machst das nicht zum ersten Mal", sagte er.

Sie zog eine Augenbraue hoch, als sie etwas Vorwurfsvolles in seiner Stimme hörte, das wie Eifersucht klang. „Jedes Mal, wenn ich Sex habe, Cal. Ich will von dir nicht auf irgendeinen Sockel gestellt werden. Da oben ist es kalt und einsam. Ich bin eine Frau aus Fleisch und Blut wie jede andere auch, und ich will von einem Mann aus Fleisch und Blut gewärmt werden. Denkst du, damit kommst du klar?"

In der Gosse war es auch kalt und einsam, aber vielleicht konnten sie sich in diesem Moment einfach nur aneinander erfreuen.

„Die Vorstellung, wie ein anderer Mann dich berührt ..." Er hielt den Mund. Die Vorstellung von Sarah mit einem anderen Mann machte ihn verrückt, aber dieses Geständnis verriet zu viel darüber, was er wirklich für sie empfand. Eines Tages würde sie sich in einen anderen Kerl verlieben und ihn heiraten. Wenn es so weit war, würde Cal sich damit auseinandersetzen müssen, aber nicht jetzt. Stattdessen drängte er gegen sie, fand seinen Weg in sie hinein, füllte sie aus, bis sie nach Luft schnappte und sich an ihn klammerte, ihre Finger sich wieder drängend in seinen Hintern krallten. Sie wand sich unter ihm, und es fühlte sich unglaublich an.

„Genug?", fragte er.

„Nein. Nein!"

Er presste sich vorwärts, bis er bis zum Anschlag in ihr vergraben war, umgeben von feuchter, sengender Hitze, die ihn fast zum Weinen brachte. Sie schauten sich an, ihre Augen auf einer Höhe. Seine Lippen direkt vor ihren.

Er neigte leicht den Kopf, und sein Herz zersplitterte in tausend Teile, als sie ihm den Kopf entgegen hob, ihn zärtlich küsste, ehrfürchtig, als ob er etwas Besonderes wäre. Er erwiderte den Kuss, federleicht, erforschend, prägte sich die Form ihrer Lippen und ihren Geschmack ein. Sarah begann, ihre Hüften zu bewegen, trieb ihn an, aber er war stur und wurde immer langsamer, bis sie so matt und willenlos war wie geschmolzenes Wachs, und dann endlich begann er, sich wieder zu bewegen. Langsam, aber sicher, trieb er sie in die Höhe, erhöhte das Tempo, ließ sie aufschreien, ihn anflehen, bevor er sie endlich fliegen ließ. Und er war direkt an ihrer Seite, segelte über den Rand des Abgrunds hinab in die Finsternis, wusste, dass er mit Pauken und Trompeten untergehen würde, aber um nichts auf der Welt wollte er diesen Augenblick missen.

Nichts würde jemals wieder so sein, wie es vorher gewesen war.

Und in diesem Moment war ihm das vollkommen egal.

Kapitel Drei

Sarah war verzaubert von den Mustern aus schwarzer Tinte, die sich von Cals Ellenbogen hinunter bis zu seinem Handgelenk schlängelten. Vor nicht allzu langer Zeit hatte er die Tattoos professionell erneuern lassen, ohne weitere Farben, einfach nur dunkles Indigo auf seiner sonnengebräunten Haut. Sie war sich nicht ganz sicher, was die Tattoos darstellten, denn Cal weigerte sich, sie genauer hinschauen zu lassen. Irgendwann in der Nacht hatte sie das Licht im Badezimmer brennen lassen, das nun einen schwachen Lichtschein durch den Türspalt schickte, und sie konnte Schuppen, Krallen und möglicherweise einen Fisch auf seinem linken Arm erkennen.

Es war noch früh. Cal schlief noch – völlig erschlagen, nachdem sie sich stundenlang geliebt hatten. Manchmal kam es ihr so vor, als ob sie versuchten, all die Jahre nachzuholen, die sie versäumt hatten. In anderen Moment war es so, als ob sie ein ganzes Leben voller Liebe in ein paar kurze Wochen zwängen wollten.

Im letzten Monat war sie in sein Bett gekrochen, wann immer sich die Gelegenheit dazu ergeben hatte. Es hatte immer wieder Momente gegeben, in denen sie geglaubt hatte, er würde sie abweisen, aber er hatte es bisher nicht getan. Er wurde immer weniger zurückhaltend in ihrer Gegenwart, begann, ihr mehr zu vertrauen, aber er war noch immer nicht gewillt, ihre Beziehung öffentlich zu machen. Wie die meisten Cowboys war Cal stur, und wie die meisten Pferde konnte man ihn führen, aber er ließ sich ganz sicher nicht drängen. Sie brauchte Geduld und Ausdauer, und die besaß sie im Überfluss. Sie beugte sich hinunter und strich mit ihren Lippen über den hervorstehenden Knochen an seinem Handgelenk, dann arbeitete sie sich langsam seinen Arm hinauf.

„Was machst du da?", fragte er benommen.

„Ich freue mich an deinen Tattoos."

Cal versuchte, seinen Arm wegzuziehen, aber sie hielt ihn fest.

„Bitte, nicht. Ich will sie sehen."

Er presste die Lippen zusammen, aber nach einem langen, angespannten Augenblick kapitulierte er schließlich und streckte seinen Arm steif zur Seite aus. So entspannt wie einer der Farmhunde, wenn er ein Kaninchen gewittert hatte. Sarah setzte sich auf und zog sich Cals Arm auf den Schoß. „Was ist das?" Das Licht war schummrig und das Tattoo nicht gut zu erkennen.

Cals Augen wanderten über ihren Körper, und er schien sich nur schwer auf ihre Frage konzentrieren zu können, vermutlich, weil sie nackt war. Ihre Finger glitten über das sehnige Band aus blauen Schuppen, das sich um seinen Arm wand. Sie folgte der Spur und hob Cals Arm an, sah, dass das Band in einem Schwanz mit Pfeilspitze endete.

Er räusperte sich. „Das ist ein Drachenschwanz."

„Drachen?" Das überraschte sie. Sie hatte nicht erwartet, dass der pragmatische Cal Landon etwas so Mythisches wie einen Drachen auf seiner Haut verewigen würde.

„Was stimmt denn nicht mit einem Drachen?", fragte er mit einem leisen Grummeln.

Sie lachte nur und fand den Kopf des Drachens. Es war eine wilde Kreatur. Sarah küsste sie, dann erkundete sie ein Tattoo, das wie ein Karpfen in einem Gebirgssee aussah. „Hast du die selbst entworfen?"

„Ich?" Er lächelte schwach. „Strichmännchen sind in etwa das ganze Ausmaß meiner künstlerischen Fähigkeiten." Er zog eine Augenbraue hoch. „Diesmal habe ich es den Profis überlassen." Er versuchte, den Arm wegzuziehen, aber Sarah hielt ihn fest, und Cal blickte sie aus schmalen Augen an. Sie wusste, dass es ihm schwerfiel, Menschen an sich heranzulassen, aber sie wollte, dass er wusste, dass er ihr vertrauen konnte.

„Sie sind wunderschön, Cal."

„Ich habe sie stechen lassen, um die anderen zu überdecken, die ich im Gefängnis bekommen habe." Seine Stimme war hart vor Selbstvorwürfen, nur für den Fall, dass sie die Anspielung beim ersten Mal nicht verstanden hatte.

Sie wich seinem Blick nicht aus. „Die haben mir auch gefallen."

Er blinzelte sie skeptisch an.

„Was denn? Warum sollte ich sie nicht mögen?" Sie lag nackt in seinem Bett, und er hatte immer noch diese engelsgleiche Vorstellung von ihr. Verrückt. „Weißt du, was diese Tattoos außerdem sind? Sie sind *heiß*."

Seine Augen wurden groß, als sie seinen Arm über ihr Bein zog. Sie wusste, dass sie ihn schockierte, aber sie fand, das hatte er verdient, wenn er sie so behandelte, als ob sie bei jeder noch so kleinen Erwähnung seiner Vergangenheit augenblicklich in Ohnmacht fallen würde. Es war ja nicht so, als ob sie ihn nicht gekannt hätte, bevor er ins Gefängnis gewandert war, und in all den Jahren danach. Sie war nicht irgendein Todeszellen-Groupie. Sie war eine pragmatische, intelligente Frau. Sarah entschied, ihn noch weiter vor den Kopf zu stoßen. „Ich wollte mir auch immer ein Tattoo stechen lassen, aber ich kann mich nicht entscheiden, was ich will ... oder wo. Vielleicht hier?" Sie legte seine warme Hand auf ihre Hüfte. „Oder hier?" Sie bewegte seine Hand, bis er sie an einer sehr viel intimeren Stelle berührte. Als er sie an sich zog und sich über sie rollte, lachte sie auf. Sie würde seinen Cowboyschutzwall schon noch einreißen, so oder so, und dafür sorgen, dass er seine Zurückhaltung ablegte. Vielleicht würde er dann endlich begreifen, dass sie jeden verfluchten Zentimeter an ihm liebte, Tattoos, Vergangenheit und alles.

CAL SCHLIEF LÄNGER ALS ÜBLICH, also ließ er das Frühstück ausfallen. Er wollte nicht, dass die Pferde Hunger hatten.

Zu spät aufzustehen wurde langsam zur Gewohnheit, und er war nicht besonders stolz darauf. Er würde diesen Mist mit auf die Liste schreiben. Sarah war in den meisten Nächten des letzten Monats in seine Hütte gekommen, also hatte keiner von ihnen besonders viel geschlafen. Er nahm sich immer wieder vor, ihr zu sagen, dass sie sich von ihm fernhalten sollte. Hatte sich in der zweiten Nacht darauf gefasst gemacht, dass Sarah distanziert und abweisend sein würde, bis sie ihren Mantel ausgezogen hatte und darunter splitterfasernackt gewesen war.

Jeder Widerstand hatte sich als zwecklos erwiesen.

Er wollte nicht, dass die Leute herausfanden, dass Sarah sich unters gemeine Volk mischte. Aber die Frau war wie Opium für ihn, und sobald er sie einmal geschmeckt hatte, konnte er nicht mehr aufhören, an sie zu denken. An sie beide. Zusammen.

Er schüttelte energisch den Kopf. Es gab kein *sie beide*. Sarah war ... *verrückt*.

Er schüttete den Rest des Futters in Shadows Eimer. Die beiden Fohlen der Stute hatte er bereits auf die angrenzende Koppel gelassen, damit sie sich austoben konnten und die Stute etwas Ruhe von den quirligen Hengstfohlen hatte. Shadow hatte den kleinen Red im letzten Frühjahr adoptiert, nachdem die Mutter des Fohlens bei der Geburt gestorben war. Die Erinnerung daran machte Cal noch immer in gleichem Maße wütend und todtraurig. Die Stute hätte nicht sterben müssen, und Nat war gezwungen gewesen, das Fohlen mit einem improvisierten Kaiserschnitt zur Welt zu bringen. Cal strich über Shadows Wange, und sie rieb ihre Schnauze an seiner Schulter. Sie würde die Fohlen bald abstillen. Ihr Sohn, Silk, war kein reinrassiger Araber wie Red, sondern ein herrlicher American Morgan, der einen beruhigenden Einfluss auf den nervösen Aristokraten mit seinem lupenreinen ägyptischen Stammbaum und einem Gespür für Ärger hatte. Vermutlich würden sie beide Fohlen behalten, auch wenn Cal davon ausging, dass Silk sich glücklich schätzen konnte, wenn er seine Kronjuwelen behalten durfte. Die Ranch konnte nur mit einer begrenzten Anzahl von Deckhengsten arbeiten – auch wenn sich langsam der Erfolg bei ihrem Zuchtbetrieb einstellte.

Sie planten, ein kleines Labor zu bauen, und Nat recherchierte derzeit die Spezialausrüstung, um das Sperma einzufrieren und zu lagern, vielleicht sogar, um eine kryogene Lagerungseinrichtung für die Deckhengste und Deckbullen anderer Betriebe einzurichten. Wenn man bedachte, dass die Sullivans die Ranch im letzten Frühjahr beinahe verloren hätten, dann war es ein verdammtes Wunder, dass der Betrieb noch immer lief – ein Wunder, das Eliza zu verdanken war.

Cal hörte Lärm vor dem Stall und wusste, dass es die Bauarbeiter waren, die die neue Reithalle bauten. Normalerweise versuchte er, auf der Ranch fertig und bereits unterwegs zu sein, bis sie morgens auftauchten – was nicht schwer war, wenn man bedachte, dass sie normalerweise nicht vor zehn auftauchten. Aber Eliza hatte ihnen Dampf gemacht, damit sie das Betonfundament gelegt hätten, bevor es zu verdammt kalt wurde. Ehrlich gesagt gab es nicht viele Männer, die sich mit Eliza anlegten – bis auf Nat vielleicht. Er war ein verflucht mutiger Kerl.

Cal hörte Stimmen, als jemand in den Stall kam – Eliza, dann ein leises Murmeln, als Nat sie wegen irgendwas aufzog. Ihr Lachen verwandelte sich in ein empörtes Quieken, als Nat sie vermutlich für einen Kuss in eine Ecke zog, und dann, als sich die

Stille immer länger hinzog, schepperte Cal mit einem Eimer gegen eine Wand, um zu verhindern, dass er ungewollt etwas zu Intimes zwischen Mann und Frau mit anhörte.

Dieser Gedanke beschwor ein hohles Gefühl in seiner Brust.

Er trat aus dem Stall und zwang sich ein Lächeln für zwei der wichtigsten Menschen in seinem Leben auf die Lippen.

„Hey, du hast schon wieder das Frühstück verpasst. Willst du etwa abnehmen?", zog Eliza ihn auf. Sie trug abgewetzte Jeans und einen dicken Wollpulli und hatte sich eine Mütze tief in die Stirn gezogen. Aus irgendeinem Grund versuchte sie immer, ihn zu mästen.

Nat schüttelte nur den Kopf. Eliza kam auf Cal zu, ihr Humpeln am Morgen nicht so deutlich wie abends, wenn sie müde war. Ihr Oberschenkelknochen war von einer Kugel zertrümmert worden. Es hatte lange gedauert, bis die Wunde geheilt war – ehrlich gesagt hatte Eliza großes Glück gehabt, dass sie überhaupt noch lebte. Sie hatte mehr Platten und Schrauben in ihrem Bein als die Sechs-Millionen-Dollar-Frau. Nicht, dass sie das in irgendeiner Weise bremsen würde – was im Prinzip das Einzige war, worüber sie und Nat sich stritten.

Sie verlangte sich zu viel ab. Wusste nie, wann sie eine Pause machen musste. Sarah war genauso – schuftete bis zum Umfallen und verschwendete dann noch ihren kostbaren Schlaf damit, mit ihm rumzumachen. Sarah wollte allen von ihrer Beziehung erzählen, aber das ließ er nicht zu. Er würde es bald beenden müssen, bevor sie noch falsche Vorstellungen bekam und glaubte, sie hätten eine gemeinsame Zukunft. Es würde schmerzen, aber sie würde darüber hinwegkommen. Cal ballte die Finger um den Griff des Eimers zu einer Faust. „Habe länger geschlafen."

„Das scheinst du in letzter Zeit öfter zu machen", grinste Eliza. „Gibt es da etwas, was wir wissen sollten?"

Sie machte nur Spaß, aber Cal wandte unbehaglich den Blick ab. Nat war sein bester Freund, und wenn er herausfand, was Cal mit seiner Schwester anstellte, sobald die Sonne unterging, würde er sauer sein. Jeder Mann wäre sauer.

„Lass ihn." Nat legte den Arm um Elizas Taille. „Seit du verheiratet bist, willst du ständig dafür sorgen, dass auch alle anderen sich in einer glücklichen Beziehung wiederfinden."

Eliza drückte ihrem Mann einen Kuss auf die Wange. „Spricht doch nichts dagegen, glücklich zu sein. Sollen wir es ihm sagen?"

Cal zog die Augenbrauen in die Höhe. Er würde nicht nachfragen, auch wenn Eliza es liebte, die Spannung in die Länge zu ziehen. Er hielt viel auf Privatsphäre. Was nicht hieß, dass er nicht fast vor Neugierde platzte, aber er würde nicht betteln, und er würde auch nicht tratschen.

Nat grinste. „Er wird es sowieso bald herausfinden – ganz abgesehen davon, dass ich seine Hilfe dabei brauche, dich in den nächsten neun Monaten nicht in einen Sattel zu lassen."

„Du bist schwanger?", grinste Cal. Er wusste, dass sie versucht hatten, ein Kind zu zeugen. Die ganze Welt wusste darüber Bescheid, was der Grund gewesen war, weshalb Cal die beiden im Stall nicht hatte überraschen wollen.

Elizas ganzes Gesicht strahlte vor Freude. Sie nickte, dann blickte sie stirnrunzelnd zu Nat. „Warum sollte ich nicht mehr im Sattel sitzen?" Eliza schmollte nur selten, aber dieser Ausdruck kam dem ziemlich nah.

„Weil du nicht im Sattel *bleibst*", stieß Nat zwischen zusammengepressten Zähnen hervor.

Das stimmte. Cal kannte niemanden, der so regelmäßig vom Pferd fiel wie Eliza.

„Was, wenn ich reiten will?", fragte sie streitlustig.

„Nur zu", erwiderte Nat mit einem verschlagenen Grinsen.

Sie wurde rot, und Cal verschluckte ein Husten.

„Wie wäre es mit einem Kompromiss?", schlug Nat nüchtern vor. In den letzten Monaten schien er Geduld und Diplomatie gelernt zu haben. Vermutlich, weil seine Frau eine Waffe trug. „Ich nehme dich hin und wieder auf Winter mit?" Winter war ein seltener grauer, übergroßer American Morgan-Hengst, der unheimlich gelassen und ruhig war.

„Na schön." Eliza stellte sich auf die Zehenspitzen und küsste erneut Nats Wange. Dann zog sie sich aus seinem Arm und umarmte Cal. Er schlang seine Arme um sie, freute sie für die beiden, aber in ihm wuchs seine eigene Traurigkeit, begleitet von einem Gefühl des Neids, das er nie zuvor gespürt hatte. Er wollte ein Teil von all dem sein, er wollte die Rolle innerhalb der Familie einnehmen, die sie ihm anboten, aber er konnte es nicht. Es wäre zu egoistisch, und wenn seinetwegen irgendetwas Schlimmes passieren sollte, würde er das nicht ertragen.

Eine verzweifelte Nacht vor beinahe zwanzig Jahren hatte ihn gezeichnet. Er hatte einen Mann umgebracht, und die Familie dieses Mannes wollte Rache. Es gab Leute, die ihn auf jede nur erdenkliche Weise verletzen wollten. Und das beinhaltete auch, denjenigen Menschen etwas anzutun, die Cal liebte. Im Laufe der Jahre hatten sie ihm ein paar Mal aufgelauert, hatten ihn angegriffen, seine Reifen aufgeschlitzt, hatten sogar seinen uralten Truck gestohlen. Das Auto war völlig ausgebrannt aufgefunden worden. Heutzutage blieb Cal meist in der Nähe der Ranch, die abgelegen und isoliert war, aber es war nur eine Frage der Zeit, bevor es zu einer weiteren Konfrontation kam.

„Ich freue mich wirklich sehr für euch." Er drückte sie behutsam und schloss die Augen, wünschte, er hätte andere Entscheidungen getroffen, alles, nur nicht diesen Bastard totzuschlagen, der seine Mutter immer wieder verprügelt hatte.

Er löste die Umarmung um Eliza und ließ die beiden allein. Ging zurück zu den Ställen, um die restlichen Pferde zu füttern, bemerkte die argwöhnischen Blicke der Bauarbeiter, die neben einem riesigen Zementmixer standen. Soweit sie wussten, war er nur ein weiterer Rancharbeiter – was genau das war, was sie denken sollten. Aber er erkannte einen der Typen als einen guten Freund seines Stiefbruders. Er wollte wetten, dass der Kerl Terry jedes Häppchen an Information füttern würde.

Cal würde nie zulassen, dass den Sullivans irgendwas Schlimmes zustieß, vor allem nicht Sarah. Er würde sie beschützen, auch wenn das bedeutete, sich sein eigenes Herz herauszureißen.

❧

ALS SIE AN DER MAIN STREET PARKTE, pochten Sarahs Fußballen nach einer höllischen Doppelschicht. Eine der behandelnden Ärztinnen hatte sich den Knöchel gebrochen und war nicht zur Arbeit erschienen. Schlimmer noch, die gute Frau würde auch morgen freihaben – am Weihnachtstag – was bedeutete, dass Sarah wieder im Krankenhaus festsitzen würde, anstatt das Haus zu schmücken und den Truthahn vorzubereiten. Eliza hatte angeboten, das Weihnachtessen zu kochen, aber ganz ehrlich, so sehr Sarah ihre Schwägerin auch liebte, ihre Kochkünste waren einfach grottenschlecht. Außerdem *wollte* Sarah das Essen vorbereiten. Deswegen würde sie die ganze Nacht aufbleiben und Gemüse schälen, wenn es sein musste. Sie musste an ihre Mutter denken, daran, wie wichtig es war, Traditionen weiterzuführen, Traditionen, die sie der nächsten Sullivan-Generation unbedingt weitergeben wollte, von Tabitha bis hin zu dem Baby, das Eliza erwartete.

Wärme breitete sich in ihr aus. Sie freute sich darauf, wieder Tante zu werden, vor allem nach der Tortur, die Eliza und Nat auf ihrem Weg zum Glück hatten durchstehen müssen. Wenn irgendjemand solche guten Neuigkeiten verdient hatte, dann diese beiden. Aber Sarah wusste, es wäre gelogen, wenn sie leugnen wollte, dass es ihren Schmerz darüber noch vergrößerte, das ersehnte eigene Kind, ihre eigene Familie, nicht zu haben, selbst wenn der Mann, mit dem zusammen sie das alles haben wollte, sich als geradezu lächerlich stur herausstellte, was ihre Beziehung anging.

Vielleicht sollte sie eine Annonce in der lokalen Zeitung schalten. *Sarah Sullivan liebt Caleb Landon, und es ist ihr egal, was alle anderen darüber denken.*

Sie zog eine Grimasse. Das würde er hassen.

Sie wusste nicht genau, warum er so verschlossen war, aber im Augenblick würde sie einfach nur einen vorsichtigen Schritt nach dem anderen tun.

Sarah eilte über den Gehweg, war unterwegs zum besten Juwelier der Stadt – dem einzigen Juwelier in der Stadt, um ehrlich zu sein –, aber sie hatten trotzdem ein herrliches Angebot.

Seufzend blieb sie vor dem Schaufenster des Ladens stehen. Eine Auswahl an Ringen glitzerte unter den kleinen Lichtern, und Sarah schnappte verzückt nach Luft. Ihre Augen hefteten sich an ein wunderschönes Exemplar aus Weißgold, in den ein zierliches Band aus Diamanten eingelassen war. Sie seufzte so schwer, dass ihr Atem die Scheibe beschlug. Nie im Leben würde Cal sich einen dieser Ringe leisten können, selbst wenn er wollte, und nie im Leben würde sie von ihm erwarten, dass er sein Geld für so etwas ... *unfassbar Schönes* ausgab. Vielleicht sollte sie sich einfach ihren eigenen verdammten Ring kaufen und die Sache hinter sich bringen.

Sarah drückte die Tür auf und wurde fast von einer Wand aus Hitze und dem schweren Duft von etwas Süßem erschlagen, wie Brombeeren und Nelken. Was auch immer dieser Duft war, er war köstlich und erinnerte sie daran, dass sie hungrig war.

Mr. Rozen stand hinter dem breiten, gläsernen Tresen, lächelte ihr zu und winkte sie zu sich. Seine Frau beriet gerade einen anderen Kunden.

Er zog eine Sammlung von Schmuckkästchen unter dem Tresen hervor. „Die sind gerade reingekommen", erklärte er ihr und öffnete ehrfürchtig die Kästchen.

Sarah streckte die Hand aus und berührte mit ihrer Fingerspitze die kunstvolle Abbildung eines Cowboys, der auf einem Pferd ritt. „Oh, sie sind perfekt." Vor etwa einem Monat hatte sie vier silberne Gürtelschnallen bestellt, eine für jeden Mann auf der

Ranch – Cal, Nat, Ryan und Ezra. Ezra hätte schon vor Jahren in den Ruhestand gehen sollen, aber er war bei ihnen auf der Ranch geblieben, sogar als sie ihn nicht mehr hatten bezahlen können. Seit Eliza in ihr Leben getreten war, war Sarah wieder in der Lage gewesen, ihr Gehalt für die Dinge auszugeben, die sie kaufen wollte, anstatt jeden Penny darauf zu verwenden, ihre Schulden abzuzahlen. Sarah sparte nun für etwas Besonderes für sich. Es würde eine Überraschung für alle sein, und sie selbst würde näher an ihrem Zuhause bleiben können und hoffentlich ihr Arbeitspensum reduzieren.

Womöglich würde sie tatsächlich endlich ein eigenes Leben haben.

Die Gürtelschnalle, die sie für Nat ausgewählt hatte, zeigte einen Wolf, der den Mond anheult. Für Ezra hatte sie einen sehr traditionellen, buckelnden Bronco ausgewählt, von dem sie hoffte, dass Ezra ihn niemals reiten würde, weil sie nicht wieder irgendwelche gebrochenen Knochen richten wollte. Ryans Gürtelschnalle zeigte zwei Pferde, die nebeneinanderher galoppierten. Er würde glauben, dass sie dieses Motiv ausgewählt hatte, weil sie Zwillinge waren, aber sie hoffte, dass er endlich sein eigenes Happy End finden würde – eine zweite Chance, genauer gesagt – nach allem, was er verloren hatte. Für Cal hatte sie sich zum einsamen Cowboy auf seinem Pferd hingezogen gefühlt, der in den Sonnenuntergang ritt. Ein Kloß stieg in ihrem Hals auf. Sogar in einer Menschenmenge schien er immer einsam zu sein. Ihr brach das Herz für ihn. Und für sich, denn sie wollte ihn öfter lächeln sehen. Wollte ihn glücklich sehen. Sie wollte ihn glücklich machen.

„Sie sind wirklich perfekt", bestätigte sie Mr. Rozen.

„Kaufen Sie Geschenke für Ihre Kollegen?", fragte eine Stimme über ihrer Schulter. Sarah zuckte zusammen, dann warf sie der Frau einen schnellen Blick zu. Marlena Strange. Die modelldünne High Society Diva streckte die Hand aus, um die Metallschnalle mit dem Cowboy zu berühren, aber Sarah ließ die

Schatulle zuschnappen, verpasste dabei die manikürten Fingernägel der Frau nur um Haaresbreite.

Nie im Leben würde sie zulassen, dass diese Frau ihre
Geschenke betatschte. „Für die Männer auf der Ranch." Nicht
dass es sie irgendwas anging. Marlena und ihr Mann hatten im
Frühjahr mit aller Macht versucht, die Sullivans zu ruinieren.
Seitdem hatte Sarah über ihre Kontakte mitbekommen, dass
Marlena wegen ihrer Sexsucht in Behandlung war und die
Eheleute zur Paartherapie gingen. Sarah musste sie dafür bewundern, es wenigstens zu versuchen, in einer Welt, in der sich so
selten jemand irgendeine Mühe machte. Aber wie auch immer,
was sie nicht bewunderte, war die Tatsache, dass Marlena
versucht hatte, ihre beiden Brüder zu verführen, und Cal wahrscheinlich auch. Sarah wusste, dass ihre größte Charakterschwäche ein eifersüchtiger Zug war, der gut und gerne jeden
überrollen würde der sich ihrem Glück in den Weg stellte. Aber
mit diesem Makel konnte sie leben.

„Packen Sie sie bitte ein", bat Sarah Mr. Rozen.

„Wollen Sie die Ohrringe noch einmal sehen?", fragte er sie.

„Nein, ich nehme sie einfach. Können Sie das alles als
Geschenke einpacken, bitte?" Das würde ihr viel kostbare Zeit
ersparen. Die Ohrringe waren für Eliza. Kristalltropfen in einer
schmalen, goldenen Fassung. In Anbetracht der Tatsache, dass die
Frau steinreich war, wäre es vermutlich lächerlich, ihr irgendetwas
anderes außer Diamanten zu schenken. Aber Sarah wusste genau,
dass Eliza sie lieben würde.

Sie hörte, wie Marlena darum bat, den Ring im Schaufenster
zu sehen, und Sarah sank das Herz – wieder schlug die Eifersucht
zu. Sie bezahlte für ihre Einkäufe, dann nahm sie die Tüte von
Mr. Rozen entgegen, wünschte ihm frohe Feiertage.

Als sie aus dem Laden trat, erschrak sie, als sie Cal erblickte,
der auf dem Bürgersteig stand und stirnrunzelnd ihren Explorer
betrachtete. Ein Glücksgefühl stieg in ihr auf. Sie rannte auf ihn
zu und schlang ihre Arme um seinen Hals, war so froh, ihn zu

sehen, dass sie ihm hier und jetzt mitten auf der Main Street einen Kuss auf den Mund gab.

Für den Bruchteil einer Sekunde legten sich seine Arme um sie, bevor er sich ihrem Griff entzog.

Verdammt. Ein Gefühl von Schmerz rauschte durch sie hindurch.

„Wenn ich es nicht besser wüsste, würde ich glauben, du schämst dich für mich." Sie versuchte, ihre Stimme leicht klingen zu lassen, aber sie versagte und sah, wie seine Pupillen groß wurden. Abgesehen davon veränderte sich sein Ausdruck nicht. *Was zur Hölle?* Sie war nicht gemein oder abstoßend. Sie trat keine Welpen oder schrie kleine Kinder an.

Wut löste den eben noch empfundenen Schmerz ab. Vermutlich waren das nur die Nachwirkungen des langen Tages, aber sie wollte ihn aus der Fassung bringen, ihn zu einer Reaktion anstacheln. Wieder versuchte sie, ihn zu küssen, aber er wich einen Schritt zurück, als ob sie die Krätze hätte.

Demütigung blitzte heiß und schmerzhaft durch ihre Adern. Sie verlor die Kontrolle. Auf dem Bürgersteig, mitten im Zentrum von Stone Creek. Drehte vollkommen durch. „Was ist denn *los* mit dir? Ich habe dich vom ersten Augenblick an geliebt, in dem ich dich gesehen habe." Sie wurde lauter, wusste, dass sie eine Szene machte. „Ich habe nie aufgehört, dich zu lieben, sogar, als du im Gefängnis warst. Ich habe nicht aufgehört, dich zu lieben, als du so getan hast, als wäre ich nichts weiter als deine kleine Schwester für dich." Er wollte etwas erwidern, aber sie war noch nicht fertig. Sie war stinksauer. „Ich liebe dich so sehr, dass ich nur zu gern jede Nacht in dein Bett geschlichen komme, aber du beachtest mich nicht einmal, sobald wir nicht auf der Ranch sind. Was glaubst du denn, wie ich mich dabei fühle?"

Sein Blick wurde nur noch ausdrucksloser, und seine Augen flackerten für einen Moment über ihre Schulter. *Verdammt, er kann mir nicht mal in die Augen schauen!*

„Ich habe dich nie darum gebeten, in mein Bett zu steigen."

Der Schmerz über diese Bemerkung schickte eine Schockwelle durch ihren Körper hindurch. „Aber du hast mich nie weggeschickt, oder?"

Seine Augen brannten sich plötzlich in ihre, und ein Bruchteil der Emotionen, die er tief in sich vergraben hatte, sickerte langsam aus ihm heraus. Und sie wünschte, dass er endlich loslassen würde, wütend wurde, sauer wurde, aufbegehrte. Aber er sagte kein Wort, wurde nur noch distanzierter. Er gab nie etwas von sich preis, bis auf kurze Momente auf der Ranch oder wenn sie im Bett lagen und sie mit ihrem Körper eine Antwort aus ihm herauswrang. Emotionen zu verstecken war ihr fremd. Herumzulaufen und so zu tun, als ob sie diesen Mann nicht mit jeder Faser ihres Wesens liebte, kam ihr grundlegend falsch vor.

Tränen traten ihr in die Augen. Sie hatte nie gelernt, irgendetwas anderes zu sein als genau das, was sie war. *Was man sah, war das, was man bei ihr auch bekam.* Vielleicht war es nicht genug für ihn. Vielleicht wollte er eine andere Art Frau, und sie war eine absolute Närrin, sich ihm derart an den Hals zu schmeißen. Trotzdem, sie legte ihre Karten offen auf den Tisch. „Ich will dich heiraten, Cal. Ich will deine Babys bekommen."

Er zuckte zusammen, und seine Augen wurden schmal, starrten noch immer direkt über ihre Schulter. Wieder wich er einen Schritt zurück.

„Tut mir leid", sagte er, sehr laut und sehr deutlich. „So empfinde ich nicht für dich. Ich liebe dich nicht." Damit ging er davon und stieg in seinen Truck, der ein paar Autos von ihrem entfernt geparkt war. Und dann fuhr er davon, ohne sich noch einmal umzudrehen, genau so, als ob sie ihm wirklich nichts bedeuten würde.

CAL BOG UM DIE ECKE UND HIELT EINEN BLOCK WEITER AM STRASSENRAND AN. Er ließ den Kopf auf das Lenkrad sinken, krallte seine feuchten Finger darum. Sein Herz hämmerte in seiner Brust wie ein Presslufthammer. Der Ausdruck der Verzweiflung auf Sarahs Gesicht ... Gott, er ertrug es nicht. Das Verlangen, zurückzurennen und sich zu entschuldigen, sich zu vergewissern, dass sie in Ordnung war, überwältigte ihn beinahe.

Ich will dich heiraten, Cal. Ich will deine Babys bekommen.

Alles, was er jemals hatte hören wollen. Etwas, so wusste er schon sehr lange, was ihm nie gehören konnte. Ihm war schlecht. Sie hatte ihm mehr oder weniger einen Heiratsantrag gemacht, und er hatte sie rundheraus abgewiesen. Er fuhr sich mit der Hand über das Gesicht. Er war nicht behutsam gewesen. Er hatte einfach zu viel verschissene Angst gehabt.

Sein Stiefbruder Terry hatte hinter Sarah auf dem Gehweg gestanden, hatte sie mit solch einer Boshaftigkeit in den Augen beobachtet, dass Cals Mund ganz trocken geworden war. Er ballte die Fäuste. Cal hatte Terrys Vater umgebracht – nicht vorsätzlich, aber das Ergebnis war dennoch dasselbe. Der junge Mann hatte kein Geheimnis daraus gemacht, dass er Cal oder jedem, der Cal wichtig war, den Gefallen herzlich gern erwidern würde. Der Typ durfte niemals in Sarahs Nähe kommen.

Es war das schlimmste Szenario, das er sich vorstellen konnte. Hoffentlich würde sein Schauspiel auf dem Bürgersteig Terry davon abhalten, irgendwas Dummes zu tun, aber Sarah würde Cal niemals dafür verzeihen, sie so im Stich gelassen zu haben.

Ein Tippen an seiner Scheibe ließ ihn auffahren, riss ihn zurück in die Gegenwart. Er hob den Blick und blinzelte. Sheriff Scott Talbot stand vor seinem Autofenster, die Hand auf der Waffe, als ob er erwarten würde, dass Cal ihn jeden Augenblick angriff. Der Mann machte eine kreisende Bewegung mit seinem Finger. Cal rollte das Fenster hinunter.

„Sheriff. Was kann ich für Sie tun?"

Der Gesetzeshüter hatte in letzter Zeit ein paar Pfund zugelegt, und seine Augen schienen mit jedem Tag knopfförmiger zu werden.

„Steigen Sie aus dem Wagen.“

„Darf ich fragen, warum?“

Der Sheriff erwiderte nichts, trat nur hastig einen Schritt zurück und stellte sich breitbeinig auf.

Meine Güte. Cal blickte weiterhin ausdruckslos, aber innerlich stieg Wut in ihm auf. Er achtete darauf, dass seine Hände für den Mann sichtbar waren, als er aus dem Auto stieg. Den Wagen hatte er Ryan vor ein paar Monaten abgekauft. Er war alt, aber der Motor war getunt worden, und der Truck fuhr sich wie ein Traum. Cal glaubte nicht, dass mit den Bremslichtern oder dem Blinker irgendwas nicht stimmte. Er kontrollierte sie regelmäßig.

„Hände aufs Autodach, Landon. Sie wissen, wie es läuft.“

Cal biss die Zähne zusammen, schluckte Ärger und Frustration hinunter. Er „nahm die Stellung ein“. Gott weiß, das hatte er in der Vergangenheit oft genug getan. Seit er aus dem Gefängnis entlassen worden war, hatte Talbot ihn jede zweite Woche wegen irgendeines vermeintlichen Verstoßes angehalten. Nach der Schießerei auf der Ranch im Frühjahr hatte Talbots Eifer etwas nachgelassen, aber es sah so aus, als ob der Urlaub für Cal nun vorbei war. *Frohe Weihnachten* auch. Und Sarah wunderte sich, warum er ihre Beziehung nicht öffentlich machen wollte.

„So, wie Sie hier gehalten haben, dachte ich, Sie stehen womöglich unter dem Einfluss von ein bisschen zu viel Weihnachtspunsch.“

„Nein, Sir.“ Er hatte ein Bier getrunken, während er darauf gewartet hatte, dass das Futter aufgeladen wurde. Ein Bier.

„Sie müssten bitte mal pusten.“

Demütigung stieg in Cal auf. Was er *musste*, war, Sarah zu finden und sicherzustellen, dass sie unbehelligt nach Hause kam. Stattdessen nahm er Talbot die kleine schwarze Box ab und blies so heftig in das Scheißteil hinein, dass er hoffte, es würde platzen.

Der Sheriff nahm es ihm wieder ab und musterte ihn aus schmalen Augen. „Scheint kaputt zu sein.“ Er schüttelte das Gerät, als ob das helfen würde. Cal verdrehte die Augen. Die

Anzeige war natürlich unterhalb der Promillegrenze gewesen. Aber wenn er jetzt etwas von Polizeiwillkür sagte, würde es nur noch schlimmer werden.

„Die Sullivans brauchen das Futter." Cal deutete mit dem Kinn auf die Ladefläche des Trucks. Für morgen war Schnee angekündigt worden. Wer weiß, wie lange Talbot ihn festhalten würde. „Das verschwindet besser nicht, während Sie mich auf die Wache bringen und unser beider Zeit verschwenden." Nat zu verärgern war nie eine gute Idee.

„Meinen Job zu machen, verschwendet weder unsere Zeit noch das Geld der Steuerzahler, Landon. Die Sullivans werden ihr Futter schon bekommen, machen Sie sich mal keine Sorgen." Der Kerl forderte Verstärkung an, damit einer seiner Hilfssheriffs Cals Truck die zwei Straßenblöcke bis zum Gerichtsgebäude fahren konnte. „Wir fahren jetzt runter zur Polizeistation und nehmen eine Blutprobe."

Kapitel Vier

Die ganzen fünfzehn Kilometer ihres Heimwegs hatte Sarah ihre steifen Finger eisern um das Lenkrad gekrallt, zwang sich, sich auf die Straße zu konzentrieren und das verdammte Auto nicht in den Graben zu fahren. Innerlich war sie völlig erfroren. Taub. Sie zitterte am ganzen Körper.

Dass Cal das zu ihr gesagt hatte ...

Sie kümmerte es nicht, was andere Leute dachten – es war Cal, der besessen von den Meinungen anderer war. Sarah war es scheißegal. Aber er hatte diese Worte genau aus diesem Grund laut ausgesprochen – weil es *ihm* nicht egal war, was andere dachten, und er nicht wollte, dass irgendjemand glaubte, er hätte eine Beziehung mit ihr.

Als sie von der Landstraße auf den Zufahrtsweg zur Ranch einbog, erlaubte sie den Tränen endlich, ihre Sicht zu verschleiern. Sie hielt neben dem Ranch Haus an und sammelte ihre Sachen zusammen. Ihre Hände zitterten, als Sarah sie nach den Schachteln mit den Geschenken ausstreckte, die sie gekauft hatte, aber sie stopfte sie energisch in ihre Handtasche. Es lag auch noch eine riesige, mit Geschenkpapier eingewickelte Box im Auto, in der sich das Puppenhaus für Tabby befand. Nat konnte es später ins Haus holen und im Kleiderschrank verstecken, zusammen mit all den anderen Geschenken, die sie für das jüngste Mitglied der Sullivans besorgt hatten.

Sarah stolperte die Stufen hinauf, drückte die Tür auf und marschierte durch den Vorraum, ignorierte die Hunde, die Begrüßungen, die besorgten Blicke, als sie ihre Tasche auf den Küchentisch warf und einfach weiterging.

„Sarah?", rief Nat. „Sas?" Er kam ihr hinterher, sie ging schneller und schneller. Sie wollte entkommen, wollte wegrennen, aber obwohl sie mittlerweile an ihrer Zimmertür angekommen war, gab Nat nicht auf. „Was ist los? Was ist passiert?"

Seine offensichtliche Sorge war zu viel. Sie begann zu schluchzen, und er zog sie in seine Arme, wiegte sie sanft. Seine Sachen waren warm und feucht und rochen nach Pferd. Aber mehr noch als das, er roch nach Sicherheit und Geborgenheit, wie ihr großer Bruder.

„Was ist passiert? Irgendwas auf der Arbeit?"

Sie schüttelte den Kopf. „Ich bin in Cal verliebt."

Nat lachte leise auf. „Süße, das sind ja wohl kaum Neuigkeiten."

Sie nickte. Sie hatte die Worte vielleicht nie laut ausgesprochen, aber die Wahrheit war ihr immer anzusehen gewesen. „Na ja, vor ungefähr einem Monat habe ich ihn dann verführt."

Sie spürte, wie Nat mit den Zähnen knirschte. „Nicht gerade das, worüber ich nachdenken will, aber okay. Du bist erwachsen, und wenn du darauf gewartet hättest, bis Cal den ersten Schritt macht, wären wir bis dahin alle alt und grau gewesen."

Daraufhin weinte sie noch heftiger, schluchzte in Nats Hemd. „Er will mich nicht, Nat. Ich habe ihn in der Stadt getroffen und ihn förmlich angefleht, mich zu heiraten. Er hat gesagt, dass er mich nicht will. Dass er mich nicht liebt."

Nats Arme schlangen sich so eng um sie, dass es schon weh tat. „Ich bringe ihn um."

Sarah befreite sich aus Nats Armen. „Er ist dein bester

Freund, du Idiot. Du kannst ihn nicht einfach umbringen, nur weil er mich nicht zurückliebt."

Nats blaue Augen wurden groß, dann schüttelte er den Kopf. „Dich nicht zurückliebt? Der Kerl beobachtet jede deiner Bewegungen. Er macht dir jede Tür auf, räumt nach dem Essen deinen Teller ab. Poliert deinen Sattel, obwohl du höchstens einmal im Monat ausreitest. Ich bringe ihn um, weil er ein Arsch ist und dich zum Weinen gebracht hat."

Sarah konnte keinen klaren Gedanken fassen. Sie war völlig erschöpft, sowohl körperlich als auch emotional, und sie hatte morgen wieder eine lange Schicht vor sich. „Er liebt mich wie eine Schwester—"

„Als dein tatsächlicher Bruder kann ich dir versichern, dass er *das* garantiert nicht so empfindet."

„Na ja, aber er liebt mich nicht so wie du Eliza liebst. Oder wie Ryan Becky geliebt hat. Ihr habt euch nie für die Person geschämt, mit der ihr zusammen seid."

Nat seufzte. „Cal hegt irgendeine absurde Vorstellung, er wäre nicht gut genug für dich—"

„Na, mich so bloßzustellen, ist sicher keine Art, das zu zeigen!"

Nat hob beschwichtigend die Hände, als ob er den Zorn zügeln wollte, der sich in ihr zusammenbraute. „Ich glaube, das ist vielleicht nicht der richtige Zeitpunkt, um darüber zu sprechen. Nimm ein heißes Bad, und ich bringe dir das Abendessen auf einem Tablett hoch." Er strich mit der Hand über ihr Haar, so wie er es auch mit den Pferden immer tat, wenn ihnen die Mähne in die Augen hing. „Wir klären das schon. Cal wird nicht verschwinden. Du wirst nicht verschwinden. Er braucht nur ein bisschen Zeit, um sich an den Gedanken zu gewöhnen, dass es auch ihm gestattet ist, glücklich zu sein."

Sarah griff nach Nats Hand. „Du hast also nichts dagegen?"

Nat warf ihr einen vielsagenden Blick zu. „Wie du schon

gesagt hast, er ist mein bester Freund. Niemand sonst wäre gut genug für dich.“

Sarah nickte nur, und Nat ging wieder nach unten. Innerlich fühlte sie sich noch immer gebrochen und hohl. Nach allem, was dieses Jahr passiert war, hatte sie auf ein schönes Weihnachtsfest gehofft, auf eine Zeit der Freude und der Neuanfänge. Aber unabhängig davon, was Nat dachte, waren Cal und sie vielleicht einfach nicht dazu bestimmt, miteinander glücklich zu werden. Vielleicht war Cal Landon nicht der Mann, für den sie ihn gehalten hatte.

CAL SASS IN EINER ARRESTZELLE UND VERSUCHTE, das heimtückische Gefühl der Abscheu zu ignorieren, das durch seine Adern kroch. Erinnerungen waberten in ihm auf wie Gift, und ihm wurde übel.

Er hatte Glück gehabt, wenn man bedachte, was einem vierzehnjährigen Jungen im Justizsystem alles hätte zustoßen können. Der Schweiß brach ihm aus und lief ihm den Rücken hinunter. Er war als Jugendstraftäter angeklagt worden und hatte die ersten vier Jahre seiner Strafe in einer Jugendstrafanstalt verbracht, wo er die Highschool beendet hatte und glauben konnte, die Dinge wären doch gar nicht so übel. Dann war er in ein Männergefängnis verlegt worden, und dieser Schock hätte ihn beinahe um den Verstand gebracht. In vielerlei Hinsicht hatte er auch dort Glück gehabt. Er war in die Zelle eines knallharten Typen aus Idaho gekommen, Lloyd Deter. Der Typ war ein regierungskritischer, rassistischer, faschistischer Fanatiker gewesen, aber er war nicht sexuell an Cal interessiert gewesen, obwohl Cal Frischfleisch inmitten von Insassen gewesen war, die ihm nur teilweise menschlich vorgekommen waren. Lloyd hatte außerdem nicht gewollt, dass sich irgendjemand anderes an seinem Zellengenossen verging, denn dieser Idiot schien zu glauben, dass es einen schwul machte, von einem anderen Mann vergewaltigt zu werden, und dass schwul sein ansteckend war. Sobald sich der Kerl also sicher war, dass Cal durch und durch hetero war, hatte er Cals Arsch so eifrig verteidigt wie seinen eigenen. Also ja, Cal hatte Glück gehabt. Er hatte nur Jahre damit verbringen müssen, sich irgendeinen Hinterwäldler-Mist anzuhören. Und vielleicht war *das* die eigentliche Schande gewesen. Dass er sich nicht selbst hatte treu bleiben können, seinen Ansichten. Dass er nicht für sich selbst eingestanden war, in einem System, in dem er zum Scheitern verurteilt gewesen war.

Er hatte es überlebt. Er war nicht stolz darauf. Verdammt, es gab auch nichts, worauf er stolz sein konnte.

Als er hörte, wie im Flur eine Tür quietschend geöffnet und dann wieder geschlossen wurde, blickte er auf. Ein Hilfssheriff schob seinen Stiefbruder vor sich her auf Cals Zelle zu.

Scheiße. War das Talbots krankes Weihnachtsgeschenk an Terry?

Sein Stiefbruder grinste ihn an. Terry war acht gewesen, als Cal seinen Daddy umgebracht hatte. Cal hatte einfach nur gewollt, dass der Kerl aufhörte, seine Mutter zu schlagen. Cals Mutter war leider während Cals ersten Jahres im Gefängnis an einer Überdosis gestorben. Terry war zu irgendeiner Tante gezogen. Cal war davon ausgegangen, dass der Junge dort besser aufgehoben war.

Im letzten Frühjahr hatten Terry und seine Freunde versucht, Cal in der örtlichen Bar zu Tode zu prügeln. Und ohne die Hilfe von Eliza und Nat, die Cal die Haut gerettet hatten, hätten sie das auch geschafft. Der Vorfall unterstrich nur all die Gründe, weshalb er es nicht zulassen konnte, irgendjemanden an sich heranzulassen. Er hätte damals schon die Stadt verlassen sollen, aber er konnte sich nicht dazu durchringen, eine Familie zu verlassen, die ihn aufgenommen hatte und ihn liebte, als wäre er einer von ihnen. Nicht, wenn sie ihn so sehr gebraucht hatten. Als Eliza verletzt worden war und Nat die meiste Zeit im Krankenhaus verbracht hatte, war Cal für ihn eingesprungen. Vor ein paar Monaten waren Nat und Eliza in die Flitterwochen nach Australien geflogen, und Cal und Ryan hatten sich um die Ranch gekümmert. Aber jetzt war es wieder ruhiger geworden, und sie brauchten ihn nicht mehr wirklich. Es wäre für alle besser, vor allem für Sarah, wenn er einfach verschwand und irgendwo hinzog, wo die Leute nichts von seiner Vergangenheit wussten und seine Lieben dadurch nicht gefährdet wurden.

Der Hilfssheriff warf ihm über Terrys Rücken einen eisernen Blick zu, dann schloss er die Handschellen um die Handgelenke von Cals Stiefbruder auf. Schließlich entriegelte er Cals Zellentür und zog sie weit auf.

„Ich will so schnell wie möglich meine Anwältin hier sehen", ließ Cal den Hilfssheriff wissen. Vorhin war es ihm noch recht gewesen, diese Arschlöcher einfach auszusitzen, aber jetzt hatte er es satt, nett zu sein.

„Alles klar, Mr. Landon. Ich kümmere mich darum", feixte der Hilfssheriff.

Terry grinste ihn an. Er trug eine abgewetzte Lederjacke und hielt sich für einen Biker, aber Cal hatte echte Biker kennengelernt, und die fuhren nicht einfach nur auf ihren Harleys durch die Gegend. Sie waren verflucht tough, und sich mit ihnen anzulegen, bedeutete, dass man dabei draufging. Terry trug die Jacke und glaubte, das allein würde ihn schon zu einem knallharten Typen machen. Der Kerl war ein verdammter Idiot.

Der Hilfssheriff verschwand. Cal ging davon aus, dass jemand über die Überwachungsaufnahmen zuschaute, starrte in die Kamera und schüttelte den Kopf. „Lange nicht gesehen, Terry." Er rührte sich nicht von der Stelle. Sein Stiefbruder ging an den Gitterstäben entlang, dann blieb er einen Meter vor Cal stehen.

Terry war sechs Jahre jünger, dürr und über und über mit Tattoos bedeckt. „Du bist mir aus dem Weg gegangen, Cal."

Cal lächelte kurz. *Scheinbar nicht gut genug.* „Scheint so."

Terry trat einen Schritt vor. „Deine Zeit ist gekommen." Er schwang seine Faust, aber Cal duckte sich darunter weg.

Cal stand auf, wich einer weiteren Faust aus. „Ich will mich nicht mit dir schlagen, Terry. Ich weiß, dass du sauer bist. Das wäre ich auch, wenn jemand meinen Daddy totgeschlagen hätte, aber ich wollte ihn nie umbringen. Und ich habe meine Zeit abgesessen." Er war vielleicht aus dem Gefängnis entlassen worden, aber er zahlte noch immer jeden Tag seines verfluchten Lebens den Preis für sein Handeln, bereute seine Taten mehr, als er jemals ausdrücken konnte.

Terry schwang seine Faust erneut und traf diesmal Cals Wange. Cal gestand ihm diesen Hieb zu.

„Du verfluchtes Arschloch. Deine Zeit abgesessen? Du hast meinen Vater umgebracht! Er war ein guter Mann."

Cal wich einem weiteren Schlag aus und trat zurück, die Hände abwehrend in die Luft gestreckt. „Er war ein brutaler Schwachkopf. Wenn ich ihn nicht aufgehalten hätte, hätte er meine Mom umgebracht und uns wahrscheinlich auch."

„Deine Mutter war eine Cracknutte!", brüllte Terry.

Und deshalb war es okay?

Terrys Mutter war bei einem Autounfall gestorben, bei dem Terrys Vater am Lenkrad gewesen war. Er war nie angeklagt worden, aber jeder wusste, dass er betrunken am Steuer gesessen hatte. Er war auch kein Engel gewesen. Cals Mutter hatte sich an den verwitweten Vater rangemacht, und schon kurze Zeit später hatten sie geheiratet. Eine Ehe, die in der Hölle geschmiedet worden war. Sie hatten kaum die Hochzeitszeremonie hinter sich gebracht, als der Typ angefangen hatte, sie zu schlagen.

Cal tänzelte vor Terry, um seinen Schlägen auszuweichen. Er hatte dem anderen Mann schon zu viel Schmerz zugefügt. Hatte kein Verlangen, jemals wieder eine Gewalttat zu begehen, aber als Terry anfing, auf seinen Magen einzuprügeln, hatte Cal genug. Genug davon, sich jeden Tag seines Lebens entschuldigen zu müssen. Genug davon, den Fußabtreter für die Polizisten zu spielen. Er war schlank, bestand aber aus nichts als Muskeln und hatte im Gefängnis gelernt, wie man kämpft. Er duckte sich, tänzelte auf den Zehenspitzen herum. Terry holte zum Schlag gegen ihn aus, erwischte aber nur die Luft. Cal lachte.

Terrys Augen wurden zu schmalen, gemeinen Schlitzen. „Wenn ich hier raus bin, suche ich mir diese süße kleine Blondine mit dem hübschen Arsch." Er hielt sich die Eier. „Gebe ihr eine Kostprobe von dem, was ein echter Mann ihr bieten kann."

Cals Faust krachte auf Terrys Nase, und Cal hörte, wie sie brach. Dann verpasste er ihm einen Hieb auf den Mund, sah zu, wie Terrys Kopf in den Nacken flog, dann schickte er ihn mit einer Links-rechts-Kombination auf den Zementboden. Schwer atmend richtete er sich auf, als sein Gegner blutend und hustend auf dem Boden lag.

„Komm in die *Nähe* dieser Frau oder wirf auch nur einen Blick auf ihren Hintern, und du wirst dir wünschen, du wärst am selben Tag gestorben wie dein Daddy. Verstanden?" Er wich zurück, als die Hilfssheriffs endlich in die Zelle gestürmt kamen. Kopfschüttelnd stand er da, dann schleuderte einer von ihnen ihn so heftig gegen die Gitterstäbe, dass Blut aus seiner Nase schoss. Als ob er jemals eine Frau wie Sarah in diese Gosse seines Lebens zerren wollte. Er spuckte Blut aus. *Verdammt.* Es würde eine lange Nacht werden.

Kapitel Fünf

C al stand vor dem Pferdestall. Es war acht Uhr morgens, und er hatte die ganze Nacht in einer stinkenden Zelle verbracht, voller Sorge, dass Terry Jagd auf Sarah machen würde, sobald er rauskam. Auf seinem Weg zur Ranch war sie Cal entgegengekommen, war bereits auf dem Weg zur Arbeit gewesen. Sie war seinem Blick stur ausgewichen.

Cal war ohne Anklage entlassen worden, sobald seine Pflichtverteidigerin aufgetaucht war. Anscheinend hatte der Sheriff sie erst um sechs Uhr morgens angerufen – ein „Kommunikationsfehler" laut Talbot. Die Anwältin – eine junge Dame namens Deanna Montrose – hatte Cal angehalten, offiziell Beschwerde einzulegen, aber er hatte einfach nur verschwinden und sicherstellen wollen, dass Sarah wohlauf war. Er hatte sie angerufen, um sich zu entschuldigen und sie zu warnen, dass sie nach seinem Stiefbruder Ausschau halten sollte, aber sie war nicht an ihr Handy gegangen. Er hatte sie gestern tief verletzt, und dieser Ausdruck in ihren Augen, als er gelogen und ihr gesagt hatte, er würde sie nicht lieben? Das machte ihn völlig fertig. Aber vielleicht war es das Beste so.

Er zerrte den ersten Futtersack von der Ladefläche des Trucks, wuchtete ihn sich über die Schulter. Tat mit dem zweiten Sack das Gleiche. Drehte sich herum, und da stand Nat, schaute ihn mit einem Missfallen in den Augen an, das Cal noch nie zuvor gesehen hatte.

„Was ist passiert?", fragte Nat.

„Wurde in der Stadt aufgehalten."

„Hast du dich betrunken, nachdem du meiner Schwester das Herz gebrochen hast?"

Cals Augen wurden schmal. „*Genau* das habe ich gemacht."

Nat kannte ihn zu gut. Er musste das Blut an seinem Kragen bemerkt haben, oder vielleicht auch die Erschöpfung in seinen Augen, und ließ es gut sein. Nat zerrte ebenfalls zwei Futtersäcke vom Truck. „Es wird bald schneien."

Cal hob den Blick in den Himmel und betrachtete die schweren Wolken. Der Winter machte ihm nichts aus. An manchen Tagen wünschte er sich sogar, sie würden für immer eingeschneit bleiben. „Sieht so aus." Damit stapfte er in den Pferdestall und warf die Säcke in der Futterkammer ab.

Nat folgte ihm, blockierte ihm den Rückweg nach draußen. „Sie hat die ganze Nacht geweint – bis sie zu deiner Hütte geschlichen ist und feststellen musste, dass du gestern Nacht nicht nach Hause gekommen bist."

Cal schloss die Augen, presste seine Stirn an die kühle Wand des kleinen Raums. „Ich wollte ihr nie wehtun."

„Warum hast du es dann getan?", fragte Nat.

Cal biss die Zähne zusammen, weigerte sich, darüber zu sprechen.

„Klär das verdammt noch mal", stieß Nat knapp hervor. Sie gingen zurück zum Truck, um die restlichen Säcke in den Stall zu bringen. „Sie liebt dich, seit du zum ersten Mal hier auf der Ranch aufgetaucht bist, im Sommer, bevor wir auf die Highschool gewechselt sind."

Cal schluckte schwer und nickte. Das war der beste Sommer seines Lebens gewesen. Sogar dass die Zwillinge ihm überall hin hinterhergelaufen waren, war irgendwie niedlich. In diesem Sommer hatte er eine echte Familie erlebt, hatte den Wert harter Arbeit kennengelernt, hatte herausgefunden, dass ihm das alles gefiel. Nat hatte ihm während des Prozesses und danach immer zur Seite gestanden. Nats Vater Jake hatte sich sogar vor Gericht für ihn verbürgt, was geholfen hatte, seine Strafe zu mindern. Cal verdankte diesen Leuten alles, aber im Augenblick machte er ihnen nichts als Ärger.

„Sie ist meine kleine Schwester." Nat schob sich den Hut aus der Stirn. „Ich kann es nicht ertragen, sie leiden zu sehen. Nicht, wenn sie so viel durchgemacht hat. Und nicht, wenn ich weiß, wie du für sie empfindest."

Cal traf eine Entscheidung. Es würde sich anfühlen, als ob er sich Nägel in den eigenen Schädel schlagen würde, aber er musste es tun. Er würde die Triple H Ranch und die Frau verlassen, die jeden Mann haben konnte, den sie wollte.

Ein riesiger Kloß steckte in seinem Hals fest. In ein paar Monaten würde sie ihn ganz vergessen haben.

„Ich muss die Pferde füttern." Er wandte seinem besten Freund den Rücken zu und kämpfte gegen die Emotionen an, bei denen ihm elend wurde. Er wollte hierbleiben. Mit jeder Faser seines Körpers wollte er Teil dieser Familie sein, Sarah lieben und mit ihr zusammen Kinder bekommen. Aber er hatte miterlebt, wie einfach es war, einer Frau wehzutun. Er hatte gesehen, wie Eliza bereits Opfer der Gewalt eines Mannes geworden war. Er konnte die Gefahr nicht noch vergrößern, der er sie aussetzen würde. Kein Mann, der etwas taugte, würde guten Menschen Ärger einhandeln.

Das Einzige, was er tun konnte, um Sarahs Sicherheit zu garantieren, war, von hier zu verschwinden.

CAL WAR GESTERN ABEND NICHT NACH HAUSE GEKOMMEN. Sarah knirschte mit den Zähnen. Als er ihr gerade auf der Schnellstraße entgegengekommen war, hatte er dasselbe Hemd getragen wie gestern. Sie konnte nur annehmen, dass er im Truck geschlafen hatte, anstatt irgendwo in ihrer Nähe zu sein, oder dass er sternhagelvoll gewesen war oder – und ihr Herz zog sich bei diesem Gedanken zusammen – dass er die Nacht mit irgendeiner anderen Frau verbracht hatte, nur um ihr zu beweisen, wie wenig sie ihm bedeutete.

Daran zu denken, dass sie wieder zu seiner Hütte geschlichen war, ihren Stolz heruntergeschluckt hatte, entschlossen gewesen war, mit ihm zu reden – und sich mit einem Gefühl der Scham eingestehen zu müssen, dass sie sich mit Sex zufriedengegeben hätte, nur um ihm nahe zu sein, nur um nicht das Gefühl haben zu müssen, dass es zwischen ihnen wirklich vorbei war ...

Gott.

Sie war erbärmlich.

Liebe war das *Letzte.*

Sie bog auf den Parkplatz des Krankenhauses ein, zwang ihre Stimme, heiter zu klingen, als sie mit dem dreijährigen Engelchen auf dem Rücksitz sprach. „Da sind wir. Kommt der Weihnachtsmann heute in die Kita, Tabby?“

Das blonde kleine Mädchen zitterte vor Aufregung. Sie fing gerade an zu begreifen, was es mit Weihnachten auf sich hatte, und beging diesen Feiertag voller Vorfreude, Aufregung und einer Überdosis silbernem Glitter. Sarah stieg aus dem Auto und öffnete die hintere Tür, öffnete die Schnallen von Tabbys Kindersitz. Das Mädchen trug eine weiße Jacke mit einem Fellkragen und sah ihrer Mutter so ähnlich, dass es Sarah schmerzhaft den Hals zuschnürte. Sie sollte aufhören, sich im Selbstmitleid zu suhlen. Ihr Liebesleben war ein Desaster, na und? Becky war in der Highschool ihre beste Freundin gewesen. Irgendwann hatte Becky angefangen, genauso viel Zeit mit Ryan zu verbringen wie mit Sarah, und obwohl Sarah zugegebenermaßen eine etwas lange

Leitung gehabt hatte, hatte sie irgendwann kapiert, dass die beiden ein Paar waren und sie das fünfte Rad am Wagen. Becky und Ryan waren den Rest der Highschool über ein Paar geblieben und schließlich zusammen auf die Montana State Universität gegangen. Im Sommer nach ihrem Abschluss hatten sie geheiratet, und Sarah hatte geschworen, dass sie noch nie zwei Menschen gesehen hatte, die besser zueinander passten oder glücklicher miteinander waren. Die Hochzeit war perfekt gewesen. Ihr Leben war perfekt gewesen. Das einzige Mal, dass sie sich gestritten hatten, war, als Becky Brustkrebs bekommen hatte. Sie war bereits mit Tabitha schwanger und hatte die Behandlung verweigert, bis das Baby auf der Welt war, aber bis dahin war es bereits zu spät gewesen. Nicht lange, nachdem sie Tabby zum ersten Mal im Arm gehalten hatte, war sie gestorben, und Sarah hatte lange geglaubt, dass sie auch ihren Bruder verlieren würde. Ryan war nie wirklich über den Tod seiner Frau hinweggekommen, aber langsam schien er vom Abgrund der Selbstzerstörung etwas zurückzuweichen. Er fing endlich an, seine Tochter kennenzulernen, aber Sarah wusste, dass er noch immer ein gebrochenes Herz hatte.

Ihr Herz war ebenfalls für ihn gebrochen. Sie hatte mit ihm getrauert. Und sie hatte ihr Bestes gegeben, den Platz einer Mutter einzunehmen, die ihr kleines Mädchen von ganzem Herzen geliebt hatte. Sarah hatte es sich zur Aufgabe gemacht, Tabbys Leben mit all den glücklichen Erinnerungen zu füllen, die jedes Kind verdient hatte. Das war das Mindeste, was sie tun konnte.

Sie schnappte sich ihre Arzttasche und Tabbys Lunchbox und ging Hand in Hand mit ihrer Nichte zur Kindertagesstätte, die ans Krankenhaus angeschlossen war.

Sich um dieses hübsche kleine Mädchen zu kümmern, half ihr, nicht an ihre eigenen, verletzten Gefühle zu denken.

Sarah führte Tabby durch die langen Gänge und drückte den Buzzer zur Kita. Die Krippe war eigentlich nur Kindern von

Angestellten vorbehalten, aber sie hatten eine Ausnahme für Sarah gemacht. Gute Entscheidung, wenn man den Ärztemangel bedachte, mit dem das Krankenhaus in letzter Zeit zu kämpfen hatte.

Heute am Weihnachtstag fing ein neuer Arzt an, der arme Kerl. Und sobald Sarah sich abschließend mit dem örtlichen Hausarzt von Stone Creek geeinigt hatte, würden sie sich noch eine neue Ärztin suchen müssen.

Sie gab Tabitha einen Kuss zum Abschied, versprach, sie Punkt vier abzuholen, damit sie rechtzeitig zum großen Familienessen wieder zu Hause waren. Dann würde sie Cal sehen. Sie würden miteinander reden. Eine weitere Woge gemischter Gefühle überrannte sie. Vielleicht würde es ihnen guttun, ein paar Stunden Abstand zu haben. Zeit, um sich zu beruhigen. Darüber nachzudenken, ob sie eine Zukunft als Paar hatten oder nicht.

Nur weil sie ihn liebte, hieß das nicht, dass sie seine Fehler nicht sah. Das Leben bestand nicht nur aus Sonnenschein und Liebesliedern – und genau genommen endeten die meisten Liebeslieder ohnehin mit einer bittersüßen Wendung.

Sie hängte Jacke und Tasche in ihren Spind, zog sich ihren weißen Kittel über und legte sich das Stethoskop um den Hals, dann atmete sie tief durch. *Los geht's.* Sie stieß die Tür auf und stellte sich dem Chaos.

Sieben Kilometer hinter Stone Creek gelegen, versorgte das Krankenhaus eine Stadt von etwa fünfzehntausend Einwohnern und eine große, hauptsächlich ländliche Gemeinde. Sie sahen hier alles, von Gliedmaßen, die durch Landmaschinen abgetrennt wurden, bis hin zu Schussverletzungen und Autounfällen sowie der üblichen Tagesquote an Schmerzen, Wehwehchen, Fieber und Kinderkrankheiten.

Sarah wollte beschäftigt sein. Sie brauchte die Ablenkung. „Wen haben wir als Erstes, Madge?", frage sie die leitende Krankenschwester.

„Mrs. Henriksson in Untersuchungskabine eins, Dr. Sullivan.

Und darf ich sagen, wie ausgesprochen attraktiv Sie heute aussehen, junge Frau? Haben wir das dem heißen neuen orthopädischen Chirurgen zu verdanken?"

Sarah warf Madge einen schiefen Blick zu. Sie hatte das rote Wickelkleid und die hohen, schwarzen Stiefel angezogen, um sich besser zu fühlen. Sie hatte ganz vergessen, dass sie der Aufmerksamkeit eines gewissen Reilly Spencer aus dem Weg ging. Sarah streckte der Schwester, die sie seit Jahren kannte, die Zunge raus. „Warnen Sie mich, wenn Sie ihn sehen", wisperte sie.

„Wen sehen?", erklang eine tiefe Stimme hinter ihr.

Sarah fuhr herum. *Mist.* „Einen Patienten. Wie leben Sie sich hier ein, Dr. Spencer?"

Seine Augen wanderten über ihr rotes Kleid, bevor sie wieder zu ihrem Gesicht hochsprangen. Der Kerl sah ehrlich interessiert aus. Wenn man bedachte, dass sie die halbe Nacht lang geheult und keine Sekunde geschlafen hatte, war sie überrascht, dass er nicht schreiend durch die große Doppeltür davonrannte. Mit einer übermäßig vertrauten Geste drückte er ihren Arm, und sein warmer Atem streifte ihr Ohr, als er sich zu ihr beugte. „Lassen Sie mich wissen, wenn Sie Hilfe brauchen."

„Werde ich, danke." Sie ging davon, warf Madge aber noch einen finsteren Blick über die Schulter zu. Sie konnte sich genau vorstellen, was für ein Unsinn den Kopf der dienstältesten Krankenschwester in der Notaufnahme füllte. *Hatte seit Jahren keine Verabredung mehr. Lebt nur für ihren Job und ihre Familie. Arbeitstier.* Bla, bla, bla. Wie wäre es damit, dass sie es jede Nacht der letzten Wochen mit einem sehr ansehnlichen Cowboy getrieben hatte, hm?

Ihre Stimmung sackte in den Keller.

Sie hatte genug von Männern. Definitiv von Cowboys.

Sie zog den Vorhang zur Untersuchungskabine zur Seite. „Mrs. Henriksson ..." *Wow, heilige Scheiße.* Sie musterte das Gesicht ihrer Patientin. Eine einzige, riesige, violette Prellung, dazu noch eine gebrochene Nase. Sarah räusperte sich und las die Patientenakte. „Können Sie mir erzählen, was passiert ist?"

Heather Henriksson hob befangen die Hand zu ihrer Stirn. „Ich bin in eine Tür gelaufen."

Sarah zog eine Augenbraue in die Höhe, war nicht in der Stimmung für Blödsinn. „Hatte die Tür Fäuste?"

Die Frau wandte den Blick ab. Sarah bemerkte einen kleinen Jungen, der auf dem Boden neben dem Bett hockte. Er war vielleicht fünf Jahre alt. Trug einen Spiderman-Schlafanzug. Mist.

„Hey, Kumpel, wie heißt du denn?"

Der Junge starrte auf den Boden, und seine Mutter streckte die Hand nach ihm aus. „Das ist Henry Junior."

Der beinahe verzweifelte Griff der Mutter nach ihrem Sohn zerrte an Sarahs Herz. „Und wer hat Sie hergefahren, Mrs. Henriksson?"

Die Frau hustete und griff sich augenblicklich an die Rippen. „Mein Mann hat mich vorbeigebracht. Er musste noch ein paar Erledigungen für Weihnachten machen."

Wollte wohl wiedergutmachen, seine Frau zu Brei geprügelt zu haben, indem er Geschenke und Lebensmittel kaufte? Oder schämte er sich zu sehr, um sein Gesicht zu zeigen?

„Haben Sie Kopfschmerzen?", fragte Sarah. Wie konnte die Frau keine Kopfschmerzen haben? Sarah bekam schon Schmerzen, wenn sie sie nur anschaute.

„Mein Kopf tut ein bisschen weh, ja." Wieder berührte Mrs. Henriksson ihre Stirn.

Sarah untersuchte sie, während der Junge sie mit großen, braunen Augen beobachtete. Er erinnerte sie an Cal und an alles, was er in seiner Kindheit hatte aushalten müssen. Verdammt, kein Wunder, dass er sich mit Beziehungen so schwertat. „Mrs. Henriksson, Heather, ich befürchte, Sie haben gebrochene Rippen und eine Gehirnerschütterung. Ich schicke sie zum Röntgen und zum CT. Gibt es jemanden, der so lange auf Henry Junior aufpassen könnte?" Sarah zeigte auf den kleinen Jungen, der sich fast schon unter der Liege verkrochen hatte, nur um nicht bemerkt zu werden. Wie anders als Tabitha er war, die in all ihrer pinken Herrlichkeit herummarschierte wie eine Königin. Dieser Junge wollte am liebsten mit der Tapete verschmelzen. Es brach ihr beinahe das Herz. Dann wurde sie sauer.

„Ich will ihn bei mir behalten", beharrte Heather Henriksson.

„Soll ich nicht lieber ihren Mann anrufen?", fragte Sarah sachlich.

Augen, die beinah zugeschwollen waren, wurden plötzlich weit vor Schreck. Vorsichtig schüttelte sie den Kopf. Sarah setzte sich auf die Bettkante und nahm die freie Hand der Frau in ihre. Sprach leise mit ihr. „Wenn Ihr Mann Ihnen das angetan hat, Heather, müssen Sie ihn anzeigen. Sie müssen aus diesem Haus verschwinden, bevor er Sie oder Ihren Sohn umbringt."

Für einen Augenblick glaubte Sarah, sie würde zu der Frau durchdringen. Aber die Gelegenheit wurde zunichtegemacht, als eine tiefe, männliche Stimme hinter dem Vorhang erklang. Heather zuckte zurück, und der Junge verschwand wieder unter der Liege, als der Vorhang zur Seite gerissen wurde.

Henry Henriksson war ein großer Mann mit breiten, starken Schultern und einem gutaussehenden Gesicht. Seine Augen fielen auf Sarahs Hand, die die Hand seiner Frau hielt. Energisch riss Heather ihre Hand zurück.

„Mr. Henriksson?" Sarah stand auf und streckte dem Mann lächelnd die Hand hin. Sie sollte Schauspielerin werden. Ihr Kopf reichte nur bis zur Mitte seiner Brust, aber sie war nicht eingeschüchtert. „Ich bin Dr. Sullivan."

Der große Mann nahm Sarahs winzige Hand in seine Pranke. Sie ließ nicht los, als er seine Hand wieder zurückziehen wollte, und hielt seine wunden Fingerknöchel unter das Licht. „Autsch. Das sieht schmerzhaft aus, Mr. Henriksson. Soll ich Ihnen das verbinden?" Sie blickte ihn mit großen, ausdruckslosen Augen an, aber er verstand, dass sie ganz genau wusste, was er getan hatte.

Seine Augen wurden schmal, und er ließ seine Hand sinken. „Gehen wir", befahl er der Frau auf der Liege.

„Wir sind noch nicht so weit, Mrs. Henriksson entlassen zu können." Sarahs Worte waren eine Feststellung, kein Vorschlag. „Ihre Frau hat möglicherweise eine Gehirnerschütterung, und ich gehe davon aus, dass mindestens eine ihrer Rippen gebrochen ist. Es wird ein paar Stunden dauern, bis alle Untersuchungen abgeschlossen sind."

Der Mann trat von einem Fuß auf den anderen, sein Ausdruck eisern, die Lippen zusammengepresst. Wenn er sie angriff, würde das wehtun, aber Sarah blieb unbeirrt vor der verletzten Frau stehen. Das hatte mit Tapferkeit nichts zu tun. Ihr ganzes Leben lang waren Leute für Sarah eingestanden – ihre Eltern, ihre Brüder, Cal, verdammt, sogar der Sicherheitsdienst des Krankenhauses. Diese Frau hatte niemanden. „Ich schlage vor, Sie kommen gegen Mittag wieder zurück und schauen, wie weit wir sind. Sie können in der Zwischenzeit Ihre Weihnachtseinkäufe erledigen, und Ihre Frau kann sich ausruhen. Ich bin mir sicher, Sie wollen nicht noch einmal eine unnötige Fahrt unternehmen oder Heather in ein paar Stunden zurückbringen müssen, weil doch nicht alles in Ordnung war." *Ganz zu schweigen davon, sich eine Anklage wegen Mordes einzuhandeln, sollte diese wehrlose Frau an einer Kopfverletzung sterben, die du verursacht hast, du kranker Bastard.*

Der Mann war dabei, nachzugeben. Dann entdeckte er seinen Sohn. Er riss den Kopf in Richtung Ausgang. „Komm, Henry Junior. Wir kommen in ein paar Stunden zurück und schauen, wie es deiner Mama geht." Die Frau auf der Liege richtete sich auf. Sie würde nun jeden Augenblick verkünden, ihr ginge es „gut" und dass sie sich selbst entlassen wolle.

„Ich habe Henry Junior gefragt, ob er den Weihnachtsmann treffen will, der heute einige der Stationen besucht. Es ist überhaupt kein Problem, wenn er hierbleibt und mit den anderen Kindern in der Kita spielt, wenn das für Sie in Ordnung geht."

Sarah lächelte den kleinen Jungen an. Sie hätte es wirklich mit der Schauspielerei versuchen sollen.

„Ich sorge dafür, dass sie bis Mittag fertig sind, Liebling." Heather Henrikssons Stimme war so zuckersüß, dass Sarah sich am liebsten übergeben hätte. „Tut mir leid, dass ich deinen Tag so durcheinandergebracht habe."

Sarah verbarg ihren Ekel. *Tut mir leid, dass ich ärztliche Behandlung brauche, weil du eine Frau, die halb so groß ist wie du, so heftig geschlagen hast, dass deine Finger bluten. Und tut mir wahnsinnig leid, dass ich meine Rippen an deinen armen, geschundenen Fäusten gebrochen habe.* Wenigstens hatte er seine Wut nicht gegen ihren süßen Jungen gerichteten.

Sarah wusste, was zu tun war. Sie hatte es in der Vergangenheit oft genug erlebt. Sie wollte diese Frau aus dieser gewalttätigen Beziehung rausholen, aber die Chancen standen schlecht, dass ihr das gelingen würde. Frauen, und manchmal auch Männer, waren oftmals in ihren Lebensumständen und dem Teufelskreis der Gewalt gefangen. Sie konnten den Ausweg nicht erkennen. Manche von ihnen hatten zu viel Angst, zu gehen. Andere glaubten nicht, dass sie Hilfe verdient hatten. Wie ein Mensch glauben konnte, er hätte so eine Behandlung verdient, ging ihr nicht in den Kopf. Sarah würde nicht mal ein Tier so behandeln.

Sie begriff es nicht. Sie würde es nie begreifen.

Angespannte Stille breitete sich aus. Sarah wappnete sich. Wusste genau, wo Henriksson Weihnachten verbringen würde, wenn er ihr auch nur ein Haar krümmte, und diese Vorstellung gefiel ihr. Trotzdem, sie wollte die Situation für Heather und den kleinen Jungen nicht noch schlimmer machen, denn die Chancen standen nicht schlecht, dass sie irgendwann wieder nach Hause gehen würden.

Mr. Henriksson trat einen Schritt zurück, schaute auf seine Armbanduhr. Sarah ließ die Schultern sinken.

„Ich komme um zwölf zurück." Er wandte sich an seine Frau

und sein Kind. „Seht zu, dass ihr unten auf mich wartet." Sein Tonfall ließ keine Widerrede zu. Heather nickte.

Als er davonging, stieß Sarah einen tiefen Seufzer aus. Dann wandte sie sich an die Frau. „Ich bringe Henry Junior für ein paar Stunden in die Kita, während Sie untersucht werden." Heather wollte protestieren, aber Sarah griff nach ihrer Hand und drückte sie. „Da sind Leute, die auf ihn aufpassen, und er kann spielen. Es wird ihm guttun. Glauben Sie mir."

Schließlich nickte die Frau, und Sarah beugte sich zu ihr. „Es gibt Leute, die Ihnen helfen können, Heather. Orte, an die Sie gehen können."

Heather biss sich auf die Unterlippe, dann drückte sie Sarahs Hand. „Ich bin schwanger."

Sarah zuckte beinahe vor Schreck zurück. „Weiß Ihr Mann davon?"

Heathers Gesicht verzog sich, und sie begann zu weinen. Sie nickte. „Deswegen war er so sauer. Hat gesagt, wir können uns nicht leisten, noch ein Maul zu füttern." Sie schniefte. „Können Sie prüfen, ob mit meinem Baby alles in Ordnung ist?"

Tränen traten in Sarahs Augen. Was war mit der Welt bloß los?

Es war Weihnachten. Sarah war entschlossen, heute etwas Gutes zu bewirken. „Okay, Henry Junior. Gehen wir den Weihnachtsmann suchen." Sie hielt ihm ihre Hand hin, und nach langem Zögern ergriff der kleine Junge sie endlich. Sarah warf seiner Mutter einen Blick zu. „Ich lasse Sie ins CT bringen und dann schauen wir nach dem Baby, okay?"

Die Frau nickte, aber der Kummer stand ihr ins Gesicht geschrieben. „Sei ein braver Junge, Henry Junior."

Sarah wollte die Ranch darauf verwetten, dass Henry Junior *immer* ein braver Junge war. Das würde ihn aber nicht retten. Irgendwann würden diese Fäuste auch in seine Richtung schlagen. Wenn er Glück hatte, würde er so enden wie Cal. Wenn er Pech hatte, würde er umkommen. Und zu denken, dass sie sich heute Morgen selbst so leidgetan hatte.

Was für eine Idiotin sie doch war.

Nat und Eliza waren losgefahren, um Lebensmittel für die nächste Woche einzukaufen. Ezra besuchte seine neue Freundin – anscheinend hatten sogar Männer ohne Zähne ein besseres Liebesleben als Cal. Und Ryan schaute nach den Rindern auf der oberen Weide. Das Haus war menschenleer, aber voller Erinnerungen. Es war das einzige, wirkliche Zuhause, das er jemals gekannt hatte. Cal hatte die Pferde gefüttert und Sarah, Nat und Ryan je einen kurzen Brief geschrieben, die er auf dem Kaminsims aufgestellt hatte.

Er hatte seine Sachen in eine Tasche geworfen, dann stand er da und starrte auf die blassen, schroffen, blaugrauen Berge, die sie umgaben. Er würde diesen Ort niemals vergessen. Sogar die Luft hier kam ihm anders vor. Sauber, frisch, herrlich. Cal hatte sich nie für versponnen gehalten, aber diesem Land wohnte wirklich ein Zauber inne – von den Adlern, die über den höchsten Gipfeln segelten, bis hin zu den winzigsten Blumen, die sich in den feuchten Fichtenwäldern verbargen. Er presste die Lippen zusammen und kratzte dem Farm Hund ein letztes Mal die Ohren. Das Hinterbein des alten Hundes begann, zufrieden zu zucken.

Cal stieg in seinen Truck und fuhr davon, ließ auf dem Weg die Zufahrtsstraße hinunter das L-förmige Ranch Haus im Rückspiegel für keine Sekunde aus den Augen.

Es mochte so am besten sein, aber es zerriss ihm das Herz, die Ranch hinter sich zu lassen. Und diese Vorstellung verblasste regelrecht im Vergleich zu dem Gedanken, dass er Sarah nie wiedersehen würde. Es würde sie so verletzen, diesen verdammten Brief zu bekommen. Was für ein Idiot machte denn per Brief Schluss? Und dann auch noch an Weihnachten? Seine Finger krallten sich um das Lenkrad. Cal hatte sich eingeredet, es wäre besser für sie, wenn er hier verschwand, aber das war pure Feigheit. Er hatte zu viel Angst davor, ihr unter die Augen zu treten. Er kannte sie seit mehr als zwei Jahrzehnten und liebte sie so sehr, dass es sich anfühlte, als ob er in dieser Liebe ertrinken würde. Aber Terrys Drohung hallte noch immer in seinen Gedanken wider. Diese Gefahr war sehr, sehr real.

Allerdings würde es gar nicht gut ankommen, wenn er sich wie ein Feigling davonschlich. Anstatt also das Lenkrad nach links zu drehen, bog er rechts auf die Straße Richtung Stadt ein. Er musste Sarah in die Augen schauen, wenn er sich von ihr verabschiedete. Ihr genau erklären, warum er ging. Er wollte nicht, dass sie auch nur für eine Minute glaubte, er würde sie nicht lieben und respektieren. Zur Hölle, sie war ihm wichtiger als alles andere, und er würde jeden Menschen auf der Welt opfern, um sie zu beschützen. *Das* musste sie natürlich nicht wissen, aber sie musste wissen, dass sie etwas Besseres verdient hatte als einen Nichtsnutz wie ihn.

Das blitzende Licht überraschte ihn. Er warf einen schnellen Blick auf den Tacho und stellte fest, dass er von dem Gedanken, Sarah zu sehen, so abgelenkt gewesen war, dass er auf der schnurgeraden Straße in die Stadt hinein fünfzehn Stundenkilometer über der zulässigen Höchstgeschwindigkeit gefahren war. Als Sheriff Talbot aus seinem Streifenwagen stieg, begann Cal zu lachen. Der Kerl hatte ihn endlich wegen eines tatsächlichen Vergehens erwischt. Verdammt aber auch.

Kapitel Sechs

Sarah kam überhaupt nicht zum Nachdenken, verarztete zunächst einen Autounfall mit drei Trauma Patienten, zwei in kritischem Zustand. Den dritten Teenager hatte sie zum Röntgen geschickt, bevor sie ihn von der Schulter bis zum Handgelenk in einen Gips gelegt hatte, dazu einen passenden Gips an seinem Bein. Er hatte Glück gehabt.

Sie schnappte sich einen Kaffee aus dem Pausenraum und ging zum Tresen der Schwestern, um zu schauen, wo sie im Kampf gegen den täglichen Wahnsinn gerade standen. Sie warf einen Blick nach links und entdeckte Henry Henriksson, der im Flur stand und mit Sheila Goldstein sprach.

Mist. „Wer hat das Jugendamt angerufen?“, fragte Sarah Madge. Sie hatte hin- und herüberlegt und entschieden, zuerst mit Heather zu sprechen, anstatt direkt Anzeige zu erstatten. Dann hatte sie im Kampf um das Leben der drei Teenager die Henrikssons ganz vergessen. Sie brauchte eindeutig einen Klon.

„Dr. Spencer hat den Sozialdienst angerufen, und sie haben Sheila Bescheid gesagt.“

„Ich will meinen Sohn zurück.“ Henry Henrikssons Stimme

schallte durch den Wartesaal. „Und ich will auch meine Frau sofort hier unten sehen." Er blickte auf und entdeckte Sarah. „Du hast mich angelogen, du Schlampe." Seine Augen wurden schmal, funkelten mit purem Hass, und Sarahs Herz begann, gegen ihre Rippen zu hämmern. Die umstehenden Leute warfen ihr nervöse Blicke zu. Dann ging der Sicherheitsdienst mit Sheila im Schlepptau dazwischen, die versuchte, dem wütenden Mann das weitere Vorgehen zu erklären. Er schüttelte die Hände des Wachpersonals ab, machte auf dem Absatz kehrt und marschierte aus der Tür.

Madge presste ihre Hand aufs Herz. „Gott im Himmel. Ich dachte schon, er würde auf der Stelle durchdrehen."

Sarah nickte. „Ich auch. Wer ist als Nächstes dran?" Manche der Patienten waren schon seit Stunden hier. Mit Madge zusammen sah Sarah die Akten durch, versuchte zu entscheiden, wer sie am dringendsten brauchte.

Ein seltsames, knirschendes Knacken klang vom Eingang herüber. Als Sarah zur Eingangstür schaute, rauschte ihr jeder Tropfen Blut aus dem Kopf in ihren Körper. Henriksson war zurückgekommen, nur dass er diesmal ein Gewehr in der Hand hielt.

Sarah dachte nicht nach. Sie rannte los. Musste Henrikssons Frau und Sohn finden, bevor er es tat. Sie bog um die Ecke und hörte Schüsse, als sie in einen Aufzug sprang und panisch auf die Knöpfe drückte. Eine Kugel schlug in die innere Metallwand der Aufzugkabine ein, gerade als die Türen zuglitten. Der Typ hatte eine Grenze überschritten, von der es keinen Weg zurück gab. Sarah fuhr in den dritten Stock, obwohl Heather Henriksson sich im vierten Stock befand. Stumm entschuldigte sie sich bei jedem auf der Etage, als sie aus dem Aufzug stürzte und den Angestellten Anweisungen zurief. „Bewaffneter Eindringling! Die Station sofort abriegeln!"

Dann rannte sie zum Treppenhaus, stürzte die Betonstufen

hinauf. Rannte auf die vierte Etage und sprintete einen Flur hinunter, die gleiche Warnung rufend. Die Leute stoben auseinander und begannen, den Fahrstuhl zu blockieren und die Feuertüren zu sichern, die Patienten zurück in ihre Zimmer und Betten zu schicken und sich mit ihnen zu verschanzen. Sarah rannte weiter zur CT-Einheit.

„Wo ist Heather Henriksson?", fragte sie.

Der zuständige Arzt erhob sich unsicher. „Sie ist gegangen. Hat gesagt, sie würde ihren Sohn abholen und nach Hause fahren."

Eine Welle des Entsetzens rauschte durch Sarah hindurch. Oh Gott. Die Kita. Sie musste sicherstellen, dass die Kinder in Sicherheit waren. Aber der Alarm war ausgelöst worden, und sie hatten die Krippe sicherlich abgeriegelt. Das wusste sie, aber es minderte ihre Sorgen nicht im Geringsten. Sie griff nach ihrem Handy und schrieb Nat eine Nachricht, dass er so schnell wie möglich zu Tabitha kommen sollte. Er hatte vorhin angerufen und gesagt, dass Eliza und er in der Stadt wären. Schwer atmend stand Sarah da. *Okay – denk für einen Augenblick ganz ruhig nach.* Die Türen zu den Stationen waren abgeriegelt. Der Typ steckte möglicherweise sogar in einem Fahrstuhl fest. Die Polizei würde jeden Moment hier sein und Mr. Henriksson festnehmen.

Reilly Spencer kam aus seinem Büro gerannt. Es sah aus, als ob er ein kurzes Nickerchen gehalten hatte. „Was ist los?", fragte er.

„Der Typ, wegen dem Sie das Jugendamt angerufen haben?" Wieder knallten Schüsse und die Angst ging ihr bis in die Knochen. „Sagen wir einfach, dass er nicht besonders glücklich darüber war."

Spencers Augen wurden groß. „Oh, Scheiße. Das Krankenhaus ist abgeriegelt, oder?"

Sarah stieß den Atem aus. „So abgeriegelt wie ein Gebäude dieser Größe es sein kann."

Dann begann ihr Herz zu hämmern, als sie ein Geräusch hörte, das nur der Lastenaufzug sein konnte, der leise zu rumpeln begann. Sie schnappte sich die Schlüssel vom Schreibtisch der Schwester und rannte auf den Notausgang zu. „Gehen Sie in Ihr Büro und schließen Sie die Tür ab." Sie schloss die Brandschutztür auf, die die Angestellten bereits abgeriegelt hatten.

„Was haben Sie vor?", fragte Spencer und stand unsicher herum.

Ihre Hände zitterten, als sie die Tür endlich aufbekam. „Ich führe ihn von den Patienten weg. Ich bin die Einzige, die heute Morgen mit ihm gesprochen hat, und er gibt mir die Schuld dafür, dass das Jugendamt angerufen wurde. Ich habe ihm versprochen, dass seine Frau bis heute Mittag fertig ist, und jetzt glaubt er, ich hätte diese ganze Sache eingefädelt." Spencer rannte auf sie zu. Es blieb keine Zeit mehr zu diskutieren, denn die Türen des Lastenaufzugs glitten auf und dort stand Henry Henriksson. Seine Augen fanden Sarah, und er hob das Gewehr an seine Schulter, gerade als Dr. Spencer durch die offene Feuertür schlüpfte und Sarah sie hinter ihnen beiden zuschlug. Sie rannten los.

„Warum laufen wir nach oben?", fragte Spencer heftig atmend.

„Sie müssen die Kinderstation warnen und sicherstellen, dass sich alle darin verschanzt haben. Ich laufe aufs Dach und dann die Feuerleiter hinunter. Dann zur Kita. Ich muss Henrikssons Frau und Sohn finden." *Und Tabitha.*

In was für einer Welt lebten sie, in der ein Mann seine Frau verprügeln konnte und dann jeden, der etwas dagegen tun wollte, mit einer Waffe bedrohte? Das Echo von Schritten hinter ihnen ließ sie beide schneller rennen.

CAL HÄNDIGTE SEINEN FÜHRERSCHEIN UND DIE FAHRZEUGPAPIERE AUS.

Talbot grinste ihn an wie ein Mann, der im Lotto gewonnen hatte.

„Sie haben doch am Weihnachtstag bestimmt Besseres zu tun?", fragte Cal den Typen.

„Entgegen allem, was Sie glauben, sitze ich nicht nur herum und warte darauf, dass Sie Mist bauen, Landon." Der Ausdruck des Sheriffs verfinsterte sich. „Es hat einen Unfall auf der I-68 gegeben, und ich war gerade auf dem Weg zurück in die Stadt, als ich jemanden zu schnell fahren gesehen habe. Ist ja nicht meine Schuld, wenn Sie das Gesetz brechen."

„War es ein schwerer Unfall?", fragte Cal. *Mist.* Dass so etwas ausgerechnet am Weihnachtsabend passieren musste.

Der Sheriff starrte auf seine Stiefel. „Drei Teenager, die zu schnell gefahren und von der Straße abgekommen sind und sich ein paar Mal überschlagen haben." Er rückte seine Gürtel zurecht.

Cal verzog das Gesicht. Der Typ war ein Idiot, aber Cal beneidete ihn nicht um seinen Job. „Ich hoffe, sie sind in Ordnung."

Talbots Funkgerät krächzte los, und der Sheriff erstarrte, während er gerade dabei war, Cal einen Strafzettel auszustellen. Er griff nach dem Funkgerät. „Wiederholen Sie das bitte."

Cal konnte „Bewaffneter Mann" und „Schüsse abgefeuert" verstehen, dann den Ort des Vorfalls, „Kreiskrankenhaus." Ein furchtbar übles Gefühl überkam ihn.

„Zehn-vier. Bin unterwegs." Talbot schmiss Cal seine Dokumente durch das offene Fenster auf den Schoß. „Betrachten Sie das als Verwarnung." Er lief zu seinem Streifenwagen zurück, stellte Sirenen und Blaulicht an und fuhr mit quietschenden Reifen davon.

Was zur Hölle? Cal runzelte die Stirn. *Eine Schießerei im Kreiskrankenhaus?*

Er legte den Gang ein und drückte das Gaspedal durch. Dann versuchte er, Sarah auf ihrem Handy zu erreichen, aber sie ging nicht ran. Verdammt. Stattdessen rief er Nat an. „Irgendwas ist beim Krankenhaus los. Triff mich dort so schnell du kannst."

Cal stellte das Radio an, und ein Schauder lief ihm den Rücken hinunter. Berichte über einen bewaffneten Eindringling und Schüsse, die *im* Krankenhaus abgefeuert worden waren. Er rief Ryan an, aber trotz Elizas High-Tech Aufrüstungen auf der Ranch war der Handyempfang dort noch immer unzuverlässig. Er sprach ihm eine Nachricht auf die Mailbox.

Die Sekunden schienen eine Ewigkeit anzudauern, während Cal die restliche Strecke zum Krankenhaus fuhr, das Gaspedal die meiste Zeit über durchgedrückt. Als er Sarahs Explorer auf dem Parkplatz stehen sah, schickte das eine neue Welle der Panik durch seine Adern, ebenso wie das schwarz uniformierte Sonderkommando vor dem Haupteingang. Sarah war irgendwo da drin. Und Tabitha.

Jemand tippte ihm auf die Schulter, und er fuhr herum.

„Ist Sarah hier?" Eliza. Nat stand hinter ihr, ließ seine Augen über die versammelte Menschenmenge wandern, die die Polizisten zurückzudrängen versuchten.

Cal schluckte seine Angst hinunter. Schüttelte den Kopf. „Im Polizeifunk hieß es, der bewaffnete Eindringling wäre im Gebäude."

„Sarah hat mir geschrieben, dass ich Tabitha da rausholen soll." Noch während Nat das sagte, sahen sie, wie eine Gruppe von Kindern im Gänsemarsch aus dem Gebäude und in Sicherheit geführt wurde. „Eliza, kannst du Tabitha suchen und dich um sie kümmern, bis Ryan hier ist, *bitte*?" Sein Tonfall flehte sie an, das zu tun, worum er sie bat.

Sie nickte. Dann steckte sie Nat etwas zu und zog seine Jacke darüber zusammen, um es zu verbergen. Ihre Glock. „Ich suche Tabitha und kümmere mich darum, dass sie in Sicherheit ist, dann schaue ich, was ich sonst noch herausfinden kann. Ich will nicht, dass einer von euch verletzt wird, aber ich habe etwa so viel Vertrauen in die Polizei wie in ein Paintball-Team von Highschool-Schülern."

Wieder piepte Nats Handy. Er las die Nachricht. „Sarah ist aufs Dach unterwegs."

Eliza nickte. Im Frühjahr hatte sie Wochen in diesem Gebäude verbracht. „Es gibt eine Feuerleiter auf der Rückseite des Gebäudes, die vom Dach bis zum Boden führt. Bringt sie in Sicherheit, aber lasst euch *nicht* erschießen." Ihre Augen funkelten wild, als sie ihren Mann auf den Mund küsste. Dann legte sie Cal die Hand auf die Wange und lächelte ihn kurz an. „Und wenn du sie nicht anständig behandelst, wenn wir sie da rausgeholt haben, dann werde ich dich höchstpersönlich erschießen." Sie blickte ihn kopfschüttelnd an, dann ging sie davon.

Cal schaute ihr hinterher. Wenn irgendjemand genau verstand, was in ihm vor sich ging, dann Eliza. Und ihm wurde plötzlich klar, dass es ihm damals, als Eliza es versucht hatte, vollkommen unvernünftig vorgekommen war davonzurennen, um andere zu beschützen.

SPENCER REILLY BOG IM OBERSTEN STOCKWERK AB UND RANNTE IN DIE KINDERSTATION, verriegelte die Tür hinter sich. Sarah hörte ihn Anweisungen rufen. Hinter ihnen keuchte Henriksson heftig.

„Ich will meine Frau zurück, du verlogene Schlampe!", brüllte er ihr nach.

Großartig. Die gelallten Worte deuteten darauf hin, dass er den Morgen damit verbracht hatte, seinen Zorn mit Whisky anzufeuern.

Ein bewaffneter, betrunkener, prügelnder Ehemann am Weihnachtstag. Was konnte da schon schiefgehen?

Sarah kam am Dach an und rief dem Mann da oben ein großes „Danke" zu, als sich die Tür einfach öffnen ließ. Sie schlug sie hinter sich zu und schloss sie mit dem Generalschlüssel ab. Sie musste genug Zeit gewinnen, um die Feuerleiter hinunterzuklettern. Hoffentlich befand sich die Polizei schon im Treppenhaus und auf dem Weg nach oben. Wenn sie den Mann hier in die Enge treiben konnten, könnten sie ihn vielleicht festnehmen, ohne dass jemand zu Schaden kam. Sarah rannte zur Metallleiter und spähte über den Rand des Daches die fünf Stockwerke hinunter, schwankte leicht, als der Schwindel sie überkam. Höhe war gar nicht ihr Ding.

Keine Zeit, nachzudenken. Sogar über den Wind konnte sie hören, wie Henriksson gegen die Tür hämmerte. Sie schwang ein Bein über die Dachkante und auf die Feuerleiter, krallte ihre Finger um das eiskalte Metall. Das *rat-tat-tat* des Maschinengewehrs ließ sie vor Angst zittern. So schnell sie es wagte, stieg sie die Leiter hinunter, der Rost färbte ihre Hände rot und der Wind bauschte ihr Kleid auf. Sie zitterte vor Kälte und Angst, aber ihr Griff um die Leiter wurde immer lockerer, als sie so schnell sie konnte hinabstieg, sich verzweifelt nach der relativen Sicherheit des ersten Treppenabsatzes sehnte. Plötzlich schaute sie in die Mündung eines Gewehrlaufs und dahinter erblickte sie das zornige Gesicht von Henry Henriksson, der über die Brüstung blickte.

„Schwing deinen Arsch hier hoch, Schlampe, oder ich erschieße dich auf der Stelle." Sein Finger legte sich auf den Abzug, und Sarah wusste, dass sie nicht weiter klettern durfte, wenn sie am Leben bleiben wollte. *Verdammt*. Sie schluckte und nickte. Die Chancen, lebend aus dieser Situation herauszukommen, waren gerade in den Keller gestürzt.

❧

CAL SPRINTETE, Nat auf den Fersen. Die Polizei konzentrierte sich auf die Vorderseite des Gebäudes, aus dem die Leute herausströmten, die Gesichter bleich vor Angst. Es gab nicht genug Polizisten, um das ganze Krankenhaus zu durchsuchen, die Menschenmenge zu bändigen, die Guten von den potenziellen

Bösen, Opfer von unschuldigen Beteiligten zu trennen. Eine einzige Ärztin in diesem wirren Gewühl aufzuspüren, stand mit Sicherheit nicht zuoberst auf ihrer Prioritätenliste. Wohl aber auf Cals. Er sprang über eine niedrige Mauer und zertrampelte ein Gebüsch, blieb abrupt stehen und streckte den Arm vor Nats Brust aus, um ihn ebenfalls aufzuhalten, als ihm ein Farbfleck hoch über ihnen ins Auge fiel. Cals Verstand fühlte sich an, als ob ihn jemand an die Hauptleitung angesteckt hätte, als er sah, wie ein Mann eine zierliche, blonde Gestalt in einem roten Kleid aufs Dach zerrte.

„Was hatte Sarah heute Morgen an, als sie zur Arbeit gefahren ist?", fragte er.

Nats Mund bildete eine dünne Linie. „Ein rotes Kleid. Na los."

Sobald dieser Hurensohn mit dem Gewehr von der Dachkante zurückgewichen war, rannte Cal zur Feuerleiter und sprang die zweieinhalb Meter zur ersten Sprosse hoch, zog sich nach oben und begann, eilig die Leiter hinaufzuklettern. Die Leiter schepperte laut, aber Cal hoffte, der Wind würde die Geräusche davonwehen. Nach einigen weiteren Sprossen zog er seine Stiefel aus. Nat fluchte, als sie auf ihn hinunterfielen, aber Cal konnte auf seinen Socken deutlich lautloser und somit heimlicher weiterklettern. Die Leiter knarzte leise, aber längst nicht mehr so laut, während Cal das Eisenskelett hochkletterte. Als er oben angekommen war, blickte er sich um, konnte aber keine Spur des Angreifers entdecken. Er sprang über die Brüstung und wartete auf Nat. Nats nackte Füße hätten ihm normalerweise ein Grinsen entlockt, aber er war zu betäubt. Er griff nach Nats Arm, zog ihn an sich, damit er ihm ins Ohr flüstern konnte.

Sein Freund musste die Wahrheit hören, bevor sie sich in diese Sache hineinstürzten. „Mein Stiefbruder Terry hat Sarah gestern gedroht. Deshalb habe ich sie abgewiesen und behauptet, ich würde sie nicht lieben. Er stand die ganze Zeit über direkt hinter ihr." Er würde sich nie verzeihen, wenn Sarah etwas zustoßen sollte.

Nats Augen blitzten auf. „Terry ist ein Arschloch, aber das hier hat nichts mit ihm zu tun. Ich habe den Kerl mit dem Gewehr erkannt. Henry Henriksson. Ich schätze, er hat seine Frau endlich krankenhausreif geprügelt und wurde ein bisschen sauer, als man ihn angezeigt hat."

Cals Herz raste. „Dann hat das nichts mit Terry zu tun?"

Nat schüttelte den Kopf.

Cal konnte nicht glauben, wie überzeugt er gewesen war, dass er an all dem schuld war. Es beruhigte ihn etwas, auch wenn es in Wirklichkeit keinen Unterschied machte. Sarah befand sich noch immer in Lebensgefahr durch diesen Frauenhasser. Die Vorstellung, dass er sich an ihr vergriff ...

Nat zog Elizas Glock hervor und kontrollierte den Lauf. Es lag eine Kugel in der Kammer.

Cal war unbewaffnet, aber das hieß nicht, dass er nicht gefährlich war. Wenn der Typ Sarah etwas antat, dann würde Cal ihn einfach von diesem verfluchten Dach schmeißen. „Ich gehe um den Lüftungsschacht herum nach hinten. Vielleicht ist er dort."

Nat nickte. „Ich kontrolliere die westliche Seite. Wir treffen uns auf der anderen Seite beim Treppenhaus." Nat zog sein Handy hervor. „Stell dein Handy auf lautlos. Wir werden eine Verbindung zwischen uns herstellen, damit wir hören können, was los ist – ich füge auch Eliza zum Anruf hinzu. Hoffentlich kann sie die Polizisten davon abhalten, auf uns zu schießen."

Das würde sie vielleicht davon abhalten, auf Nat zu schießen, aber Cal glaubte nicht, dass es ihm irgendeinen Vorteil bringen würde. Aber er nickte und kam Nats Vorschlag nach, hielt sich sein Handy ans Ohr, während er vorsichtig von einer Deckung zur nächsten schlich. Hinter dem Lüftungsschacht war niemand.

Dann hörte er Stimmen am oberen Ende des Treppenhauses und ging vorsichtig darauf zu.

„Wo sind meine Frau und mein Kind, du verfluchte Schlampe?!", brüllte Henriksson Sarah an.

Cal spähte um die Ecke und entdeckte einen Mann, der seine Hand in Sarahs Haare gekrallt hatte, ihr Gesicht schmerzverzerrt. Cal wollte sich auf den Mann stürzen, aber Henriksson hielt seine Waffe mit einer Hand fest, und die Mündung war auf Sarahs Körper gerichtet. Wenn Cal den Bastard überraschte, wäre es allzu einfach für ihn, abzudrücken.

Cal erkannte ihn nicht und bezweifelte, dass Henriksson von seiner Beziehung zu Sarah oder den Sullivans wusste. Er ging davon aus, dass er ihn in eine Falle locken konnte.

Cal hielt sich das Handy ans Ohr und schlenderte lässig hinter dem Treppenhaus hervor. Riss scheinbar vor Schreck seine Augen weit auf, als Henriksson und Sarah ihn mit gleichermaßen verblüfften Gesichtern anschauten.

Cal hob die Hände in die Luft und ließ sein Handy in die Hemdtasche gleiten. „Alter", stieß er hervor und hoffte inständig, Sarah würde mitspielen. „Was ist hier los, Mann?"

„Wer zur Hölle sind Sie?"

Cal wich einen Schritt zurück. Henriksson schubste Sarah aus der Tür zum Treppenhaus, als ob er Cal folgen wollte. *Komm schon, Kumpel. Komm zu Daddy.* Nat war ein hervorragender Schütze. Cal musste Henriksson nur weit genug aus seiner Deckung locken und Sarah von der verdammten Gewehrmündung wegholen.

„Ich wollte nur in Ruhe eine rauchen", erwiderte Cal. Er hoffte verdammt noch mal, dass der Kerl nicht bemerkte, dass Cal keine Schuhe trug.

Sarah versteckte ihre Reaktion auf sein Auftauchen, indem sie sich aus Henrikssons Griff zu winden versuchte, und Cal betete, dass ihr das keine Kugel einhandeln würde.

„Mr. Henriksson hier sucht nach seiner Frau." Sarahs Augen funkelten vor Trotz. „Ich habe ihm schon erklärt, dass seine Frau sich selbst entlassen hat und vermutlich gerade mit ihrem Sohn auf dem Weg nach Hause ist, aber er glaubt mir nicht."

Henrikssons Faust in Sarahs Haaren wurde enger, und sie schrie auf. Cal musste das Verlangen unterdrücken, den Kerl zu Tode zu prügeln, weil er seiner Frau wehtat. Stattdessen trat er einen Schritt zurück, und der Kerl folgte ihm erneut. „Alter, das ist nicht cool. Lass die Ärztin laufen und such nach deiner Frau. Die ist jedenfalls nicht hier oben auf dem Dach, das ist mal sicher." Er lachte laut auf wie ein Idiot und lockte den Kerl einen weiteren Schritt auf das Dach hinaus. *Komm schon, Arschloch.*

Henriksson stieß Sarah heftig in die Rippen. „Sie hat mir das Jugendamt auf den Hals gehetzt. Ich werde ihr schon noch zeigen, warum Schlampen ihre großen Klappen halten sollten."

„Hey, Mann, ich versteh dich." Cal schickte eine stumme Entschuldigung an Frauen überall auf der Welt. „Manche Schlampen verdienen, was sie kriegen." Er ließ seine Stimme hart klingen und Sarahs Augenbrauen schossen ihr fast von der Stirn. Aber Henriksson war endlich im Freien, und Cal sah, wie Nat an der Tür vorbeischlich, bis er nur noch ein paar Schritte hinter dem Typen stand. Henriksson war sogar noch größer als Nat. Zur Hölle, der Typ wog vermutlich so viel wie sie beide zusammen.

Cal wartete ab, bis Nat dem Schützen den Kolben seiner Pistole gegen die Schläfe schlug. Aber Henriksson ging nicht zu Boden. Stattdessen brüllte er auf wie ein Bär und drehte sich wütend um, Sarah und das Gewehr noch immer fest in seinem Griff. Cal griff nach der Waffe, riss den Lauf in die Höhe, bis er in die Luft zeigte. Henriksson drückte ab, aber Cal ließ nicht los, und der Lauf verbrannte seine Finger, riss an seinen Händen. Er rammte sein Knie in die Eier des Riesen, während Nat Sarah aus der Gefahrenzone herauszog und sie hinter sich schob, in den Eingang zum Treppenhaus hinein.

„Lauf, Sarah!", schrie Cal. „Verschwinde von hier."

Henriksson änderte seine Taktik und stürzte vor, drängte Cal rückwärts. *Oh, Scheiße.* Sie bekamen immer mehr Schwung. Dieser Irre würde sie beide direkt vom Rand des Daches stürzen. Cal schob sein Bein zwischen das des anderen Mannes und hakte seinen Fuß um dessen Knie. Henriksson stolperte und landete wie ein gestrandeter Wal auf Cal. Wieder löste sich ein Schuss. Der Knall war ohrenbetäubend, und die Kugel prallte von der Ziegelwand ab. Cals Augen suchten nach Sarah, aber er konnte sie nicht mehr sehen, Gott sei Dank. Dann presste Henriksson seinen Unterarm gegen Cals Hals, und Cal bekam keine Luft mehr. Er konnte sich nicht verteidigen, ohne den Lauf der Waffe loszulassen, und wenn er das tat, war er so gut wie tot. Stattdessen half er dem Arschloch dabei, das Magazin leerzuschießen, betete, dass die abprallenden Kugeln ihn nicht erwischten, während seine Trommelfelle bei den lauten Schüssen zu platzen drohten. Seine Sicht verschwamm immer mehr, aber dann fielen ihm seine Beine ein. So fest er konnte, rammte er sein Knie in Henrikssons Nieren, allerdings schien das keine besonders große Wirkung zu haben. Endlich klickte das Gewehr, ohne zu feuern. Das Magazin war leer.

Cal lächelte. Jetzt waren sie gleichauf.

Er befreite seinen Arm und drückte seine Finger in ein Auge des Riesen, vergrub seine kurzen Fingernägel tief in der Augenhöhle. Hinter ihm versuchte Nat, den Typen ins Visier zu nehmen, aber Cal und Henriksson waren so ineinander verschlungen, dass es unmöglich war, Henriksson zu erschießen, ohne auch Cal zu erwischen.

Cal bohrte seine Finger immer tiefer in Henrikssons Auge. Mit einem Schmerzensschrei riss Henriksson seinen Kopf zurück, nahm den Druck von Cals Hals und ließ ihn zu Atem kommen.

„Aufhören oder ich schieße!", brüllte Nat.

Henriksson rollte sich zur Seite, riss Cal auf die Füße und hielt ihn wie ein Schutzschild vor sich. Der Mann ließ seine leere Waffe fallen. Plötzlich rannte Sarah aus ihrem Versteck hervor und stand neben Nat, ihre Liebe für Cal unverkennbar in ihren Augen. Der große Mann trug Cal förmlich rückwärts mit sich auf den Abgrund zu, der sie beide umbringen würde. Cal konnte nur daran denken, dass er die Worte nie ausgesprochen hatte. Er hatte Sarah nie gesagt, dass er sie liebte.

Diese Erkenntnis trieb ihn an. Er hatte seine Mutter und sich damals, vor all den Jahren, nicht verteidigt, nur um nun durch die Hand eines anderen, gewalttätigen Bastards zu sterben.

Mit aller Macht rammte er seinen Ellenbogen in Henrikssons Magengrube. Dann riss er seine Faust hinter sich hoch und erwischte die Nase des Mannes, trieb den Knorpel in seinen Schädel. Direkt am Rand des Daches geriet Henriksson ins Straucheln. Cal ließ sich schwer auf die Knie fallen, aber der große Kerl hatte zu viel Schwung und befand sich zu nah an der Kante. Seine Arme wedelten wild in der Luft herum, als er zu fallen begann. *Verdammt.* Etwas in Cal wollte einfach loslassen, ihn fallenlassen, das Problem einfach verschwinden lassen. Aber er konnte es nicht. Cal stürzte nach vorn und griff nach Henrikssons Arm. Er hörte eilige Schritte, als Nat losstürzte, um ihm zu Hilfe zu eilen. Und plötzlich hockten sie beide da, hielten dieses verfluchte Arschloch fest, das vom Dach des Krankenhauses baumelte.

„Lasst mich nicht fallen. *Bitte* lasst mich nicht fallen", wimmerte Henriksson.

„Ich bin versucht, ihn einfach loszulassen", erwiderte Nat trocken. „Ohne ihn wäre die Welt besser dran."

Für einen Augenblick ließen sie Nats Worte einfach stehen, eine kleine Rache für all die Angst und Panik, die dieser Mann an einem Tag verursacht hatte, an dem nichts als Friede und Freude hätte herrschen sollen.

„Nein", antwortete Cal schließlich. Er wusste, was er tun wollte. Er hatte endlich begriffen, dass schlimme Dinge manchmal einfach passierten, ganz egal, ob er in der Nähe war oder nicht. Und wenigstens konnte er auf die Menschen aufpassen, die er liebte, wenn er hierblieb, anstatt davonzurennen wie ein Blödmann. „Ich will, dass er sich dafür verantworten muss, Hand an *meine* Frau gelegt zu haben. Ich will, dass er herausfindet, was die Gefängnisinsassen mit einem großen Kerl anstellen, der

Frauen verprügelt." Seine Arme fühlten sich an, als ob sie aus den Achseln gerissen würden. Gott, wenn ihnen nicht bald jemand zu Hilfe eilte, würden sie den Bastard noch fallen lassen, ob er das wollte oder nicht. Endlich hörte Cal schwere Schritte nähereilen. Weitere Hände streckten sich nach Henriksson aus und zerrten ihn über die Kante, zogen ihn dann noch weiter über das Dach, bevor sie ihm Handschellen anlegten.

Cal rollte sich von der Brüstung weg, starrte hinauf in den dunkelgrauen Himmel. Plötzlich stand Sarah über ihm. Die Hände in die Hüften gestemmt sah sie aus wie ein lebendig gewordener Traum. Hohe, schwarze Stiefel und ein rotes Kleid, das sich an jede Kurve ihres Körpers schmiegte und dessen Gürtel sich in dem Handgemenge ein wenig gelöst hatte. Seine Augen wanderten ihre Beine hinauf. Sogar in ihrem weißen Arztkittel sah sie heiß aus. Du lieber Gott, er lag hier umringt von zwanzig Gesetzeshütern da, und sogar jetzt bekam er einen Steifen, wenn er sie nur anschaute.

„Vergibst du mir?", fragte er leise.

Sie sah aus, als ob sie tadelnd mit dem Fuß auftippen wollte. „Bist du so weit, endlich öffentlich zu unserer Beziehung zu stehen, Landon?"

Er kniete sich hin, blickte sich zu den zwei Hilfssheriffs um, die ihm vermutlich ebenfalls gleich Handschellen anlegen würde. Sie grinsten ihn an. Er drehte sich wieder zu Sarah um. „Schätze, das habe ich gerade getan." Dann griff er nach ihrer Hand und zog sie zu sich hinunter. Rollte sie so, dass sie unter ihm lag. Er strich ihr die Haare aus der Stirn. „Ich liebe dich, Sarah Sullivan." Er küsste sie langsam und zärtlich, genoss die Berührung. „Du hast jemanden verdient, der tausendmal Mal besser ist als ich, aber wenn du mich wirklich haben willst, dann lass uns heiraten."

Sie lächelte ihn an, aber dann wurden ihre Augen schmal.
Oh-oh.

„Lass uns heiraten?" Ihre Augenbrauen wanderten ihre Stirn hoch. Offensichtlich war ihm noch nicht verziehen. „Nachdem du

mir gestern Abend gesagt hast, du würdest mich nicht lieben, und dann die ganze Nacht zechend durch die Stadt gezogen bist?“

Zechend? Es fiel ihm schwer, nicht andauernd auf ihre Lippen zu starren, die zum Rot ihres Kleides passten. Sie hatte sich heute richtig aufgedonnert, und sie machte ihn fertig. „Ich habe die Nacht in einer Arrestzelle verbracht.“

Ihre Augen flogen zu den Hilfssheriffs, die so viel Anstand besaßen, die Blicke zu senken. „Ich verstehe.“

Ihre blauen Augen blickten direkt und klar, als sie wieder zu ihm hochschauten. „Da liegt ein Ring im Schaufenster des Juweliers, Weißgold mit vielen winzigen, eingelassenen Diamanten. Komm damit nach Hause, und vielleicht reden wir dann.“ Sie schob ihn von sich herunter und stolzierte zum Treppenhaus davon, sich bewusst, dass alle Augen auf sie gerichtet waren. Henriksson war bereits abgeführt worden.

Cal setzte sich auf, fühlte sich geschlagen und geschunden, aber etwas in ihm brach auf – Hoffnung und Sonnenschein, obwohl es ein bitterkalter Tag war. Er rief ihr hinterher. „Du bist ganz schön schwer zu beeindrucken, weißt du das, Dr. Sullivan?“

„Na, wenn Sie es nicht schaffen, versuche ich es gern“, warf einer der Hilfssheriffs grinsend ein.

Cal lachte. Weil Sarah den Hilfssheriff nicht wollte. Sie wollte *ihn*. Endlich verstand er es. Nachdem er sein Leben lang schwerer von Begriff gewesen war als das Muli auf der Ranch, drang endlich etwas durch seinen Dickschädel hindurch. Er. Verdiente. Es. Glücklich. Zu. Sein. Und Sarah auch.

Nat hielt ihm die Hand hin und zog Cal auf die Füße. „Sie ist stur.“

Cal kratzte sich am Kopf. „Ich muss mir diesen Ring besorgen.“

„Ja, verdammt“, erwiderte Nat.

Sheriff Talbot erschien auf dem Dach und zog seinen Gürtel zurecht. „Sie beide müssen mit runter auf die Station kommen–“

Cal schüttelte den Kopf. „Ich muss zum Juwelier, bevor der Laden schließt–"

„Zu dumm. Sie waren bei der Erfassung eines Missetäters beteiligt. Was zur Hölle haben Sie beiden sich überhaupt dabei gedacht, aufs Dach zu laufen?" Talbot beäugte ihn, als ob ihm just in diesem Augenblick einfiel, dass er ihn vor nicht einmal zwanzig Minuten am Straßenrand stehengelassen hatte.

Zum ersten Mal in seinem Leben bot Cal Talbot Paroli. Das Feuer in ihm brannte durch die Zurückhaltung hindurch, die er normalerweise in Gegenwart des Gesetzeshüters an den Tag legte. „Hören Sie, *Sheriff*, die Frau, die ich liebe, hätte heute hier sterben können. Sie hat mir gesagt, dass ich ihr Diamanten kaufen muss, also werde ich verdammt noch mal Diamanten kaufen gehen."

Talbot blinzelte ihn aus schmalen Augen an und fuhr sich mit der Zungenspitze über die Lippen. „Ich werde es in Betracht ziehen, aber jetzt kommen Sie erstmal mit."

Nat trat neben Cal, und Cals Widerspruch strömte wie in Wellen von ihm aus. *Verdammt noch mal.* Er hatte diesen ganzen Bullshit satt, mit dem er sich immerzu herumschlagen musste. „Nein."

Talbot wollte protestieren oder ihm womöglich drohen.

Cal fiel ihm ins Wort. „Ich *verstehe*, dass Sie meine Aussage brauchen." Er war ja kein Idiot. „Ich *verstehe*, dass sie glauben, ich wäre der letzte Abschaum der Erde, weil ich getan habe, was jeder Mann tun würde, der sieht, wie ein anderer Mann eine Frau verdrischt. Es gibt nichts, was ich tun kann, um Terrys Dad zurückzubringen, und glauben Sie mir, ich würde es tun, wenn ich könnte, nur damit er bekommt, was er verdient hat, anstatt wie irgendein unschuldiges Opfer behandelt zu werden." Der Typ war ein fieser Tyrann gewesen, der seine Faust gegen alles gerichtet hatte, was ihm missfallen hatte. Cal starrte hinunter in Talbots kleinen Augen, nicht länger unterwürfig und kleinlaut, sondern voller gerechtem Zorn. „Ich kann nicht ändern, was Sie von mir denken, und ehrlich gesagt ist es mir auch scheißegal. Aber wir fahren jetzt nach Stone Creek, und ich gehe einen Ring kaufen, und wenn ich in Handschellen dort hinfahren muss. Ansonsten sehe ich mich ganz schnell gezwungen, wegen dieser diversen Vorfälle von Polizeiwillkür Anzeige zu erstatten, wie meine Anwältin es mir geraten hat. Haben Sie mich verstanden?"

Talbot runzelte die Stirn und wandte den Blick ab. Dann nickte er einem der Hilfssheriffs zu. „Bringen Sie Landon zum Präsidium in Stone Creek. Halten Sie auf dem Weg bei Rozens Geschäft an. Ich werde zuerst die Aussage von Mr. Sullivan aufnehmen."

Kapitel Sieben

❦

Bis Sarah schließlich unten an der Aufnahme angekommen war, war ihre Tapferkeit verpufft. Sie entdeckte Madge, die gerade Krankenakten sortierte. „Wurde irgendjemand verletzt?"

Madge schüttelte den Kopf. Sie sahen beide zu, wie Henry Henriksson in einen Streifenwagen gesetzt wurde. Madge wandte ihre Aufmerksamkeit wieder ihren Akten zu, seufzte schwer und wedelte sich Luft zu. „Das einzig Gute an diesem Tag ist, all diese attraktiven Männer in Uniform zu sehen."

Sarahs Knie begannen nachzugeben, und sie sank auf den Stuhl der Krankenschwester, beugte den Oberkörper vor und schlang die Arme um ihre Beine. „Ich kann nicht glauben, dass Sie irgendwelchen Typen hinterhergeifern, wenn wir hier Einschusslöcher in der Wand haben."

Madge gluckste, dann pfiff sie erneut anerkennend. „Obwohl Wrangler Jeans an einem hübschen Cowboy genauso gut funktionieren. Mh-hm."

„Erzählen Sie mir bitte nicht, dass Sie jetzt meinem Bruder hinterherglotzen."

„Ihm und seinem Freund. Ist der vergeben, Süße?"

Sarah erhob sich gerade rechtzeitig, um zu sehen, wie Cal auf die Rückbank eines weiteren Streifenwagens geschoben wurde. „Er hat mir gerade oben auf dem Dach das Leben gerettet." Und er hatte ihr gesagt, dass er sie liebte. Ihr Hals war wie zugeschnürt. „Er ist definitiv vergeben." Sie wünschte, die Polizei würde endlich aufhören, ihn zu schikanieren.

Madge lächelte verschmitzt. „Die Glückliche."

„Das bin ich." Sie schaute Madge in die dunklen Augen und lächelte sie an, noch während ihr Tränen über die Wangen liefen. „Das bin ich wirklich." Sie räusperte sich und nahm eine der Patientenakten in die Hand. „Okay. Ich will zu Hause sein, bevor der Weihnachtsmann mit meinen Geschenken vorbeikommt, also bringen wir Ordnung in dieses Chaos und schicken die Leute so schnell wir können nach Hause."

„Alles klar, Doc." Madge warf ihr ein Lächeln zu. „Und, Sarah? Viel Spaß beim Geschenk auspacken, Süße."

„Werde ich haben." Jeden Tag. Sie würde es nicht vermasseln. Selbst wenn Cal ihr keinen Ring schenkte, solange er nur zu ihr nach Hause kam, würde sie ihn für den Rest ihres Lebens lieben.

CAL TRAT AUS SEINER HÜTTE, glattrasiert, mit einer schwarzen Anzughose und unbequemen Schuhen, die er für Nat und Elizas Hochzeit gekauft hatte, darüber ein frisch gebügeltes, blendend weißes Hemd und einen schwarzen Stetson. Er amtete tief durch. Es war so weit.

„Klingt, als ob du dich für eine Schlacht bereit machen würdest", erklang eine Stimme aus der Dunkelheit.

Er drehte sich um und entdeckte Sarah im Mondlicht stehen. Sie trug dieselben Stiefel wie heute Morgen, aber ein anderes rotes Kleid, das aus Wolle zu sein schien und lange Ärmel hatte. Sein Mund wurde staubtrocken. Sein Verstand verabschiedete sich. Er war sich ziemlich sicher, dass sie ihn mit seinem Verlangen und guter alter Lust umbringen wollte.

„Habe ich mich schon bei dir bedankt, dass du mir heute das Leben gerettet hast?", fragte sie leise.

„Du bist hier, oder etwa nicht? Das ist der ganze Dank, den ich brauche." Zu wissen, dass sie in Sicherheit war, nachdem dieser Flachwichser sie mit einer Waffe bedroht hatte – *Herr im Himmel*, er wollte überhaupt nicht darüber nachdenken.

Sarah trat auf ihn zu, und er beobachtete sie zurückhaltend. Ihre Zehenspitzen berührten sich beinahe, und sie legte ihre Hände auf seine Brust, stellte sich auf die Zehenspitzen und küsste ihn auf den Mund. Sie schmeckte wie Honig und Zimt und roch wie Apfelkuchen.

Cal schloss die Augen und erwiderte den Kuss. Gott, er wollte sie. Wollte sie unbedingt. Für immer.

Sie löste sich von ihm. „Ich habe das hier gefunden." Sie zog den Brief aus ihrer Tasche, den er ihr dagelassen hatte. „Du wolltest mich verlassen."

Er nickte.

„Zu meinem eigenen Besten?"

Er zog eine Grimasse. „Kam mir zu dem Zeitpunkt logisch vor."

Ihre Augen blickten auf den gefrorenen Boden. Es lag kein Schnee mehr, aber Cal konnte ihn noch in der Luft riechen.

„Und kommt es dir jetzt immer noch logisch vor?" Tränen trübten ihre Stimme, und Cal hasste es, dass er sie verletzt hatte, dass er sie zum Weinen gebracht hatte.

„Nein." Er schüttelte den Kopf, dann griff er nach ihrer Hand. Ließ sich auf ein Knie sinken. „Sarah Sullivan, würdest du mir die wahnsinnig große Ehre erweisen, meine Frau zu werden?" Er zog eine kleine, schwarze Samtschatulle aus seiner Hosentasche und öffnete sie. „Ich liebe dich – was ich dir auch schon in dem Brief gesagt habe – und als du heute in Gefahr warst, habe ich endlich begriffen, dass ich nicht für alles verantwortlich bin, was auf der Welt passiert. Und dass ich mein Möglichstes tun will, um dich glücklich zu machen, solange wir beide leben."

Ihre Hand zitterte, als sie die Finger nach dem Ring ausstreckte. „Du hast den gefunden, den ich wollte." Sie berührte ihn ehrfürchtig. „Oh, Cal, du hättest mir nicht wirklich einen Ring kaufen müssen. Ich weiß doch, wie teuer der gewesen sein muss."

Teuer? Glaubte sie wirklich, er würde sich einen Teufel ums Geld scheren, wenn das der Ring war, den sie wollte? Er nahm den Ring aus der Schatulle und hielt ihn ihr hin.

Sarah steckte ihn sich an den Finger. „Er passt."

„Ist das ein Ja?"

Sie presste die Lippen zusammen, und Cal hielt die Luft an. „Ja."

Cal jubelte laut auf und sprang auf die Füße, riss Sarah in seine Arme und drehte sie im Kreis. „Sie hat ja gesagt!", rief er, und das Echo hallte von den Bergen wider.

Als Jubel aus dem Ranch Haus herüberschallte, lachte er laut. Dann küsste Cal Sarah auf den Mund, und sie küsste ihn zurück, als ob sie sich in ihm vergraben wollte. Endlich lösten sich ihre Lippen, und Cal schaute hinunter auf den funkelnden Ring an ihrem Finger. „Ich liebe dich, Sarah. Und so sehr ich dich jetzt auch zurück in die Hütte tragen und dir dieses Kleid Zentimeter für Zentimeter vom Leib ziehen möchte, glaube ich, wir sollten besser zum Rest der Familie stoßen."

Sie strahlte zu ihm hoch und berührte sanft seine Wange. „Wie konntest du jemals glauben, ich wäre ohne dich besser dran?"

Cal lehnte seine Stirn gegen ihre. „Cowboys sind nicht so helle wie Notfallärztinnen."

„Oh." Ihre Augen wurden groß. „Ich muss dir etwas sagen ..." Sie nahm seine Hand in ihre, und während sie den Hügel zum Ranch Haus hinuntergingen, erzählte sie ihm von ihren Plänen, die Praxis des örtlichen Hausarztes zu übernehmen.

Als sie am Haus angekommen waren, flog die Tür auf, und die anderen kamen herausgestürmt, gratulierten ihnen mit Umarmungen und Schulterklopfern. Wie hatte er nur glauben können, das alles hinter sich lassen zu können? Wie hatte er glauben können, das Recht zu haben, die Entscheidungen anderer Leute treffen zu dürfen? Sie steckten alle zusammen in dieser Sache drin. Cals Blick wanderte von Elizas grinsendem Gesicht zu Ryans wissendem Lächeln. Sie waren durch die Hölle gegangen, und sie kämpften noch immer. Schließlich bahnte sich Cal wieder den Weg zu seiner Verlobten, die gerade von ihrem großen Bruder umarmt wurde. Cal zog sie an sich, hob sie in die Arme und küsste sie ausgiebig, direkt vor allen anderen.

„Frohe Weihnachten, Sarah", sagte er, als sie sich wieder lösten.

„Is' der Weihnachtsmann schon hier, Onkel Nat?", meldete sich Tabitha aufgeregt zu Wort. Keines der Kita-Kinder war verletzt worden oder hatte überhaupt etwas von den Schüssen mitbekommen, Gott sei Dank.

Nat hob seine Nichte hoch, warf sie in die Luft, bis sie vor Freude quietschte. „Noch nicht, Kleine. Aber Sarah und Cal haben beide schon ein Geschenk bekommen. Wie wär's, wenn wir alle einen Blick unter den Baum werfen und ein kleines Geschenk öffnen, bevor wir essen?"

Tabitha quiekte vergnügt auf und rannte davon. Die anderen folgten ihr ins Wohnzimmer.

Sarah hielt Cals Arm fest, drückte für einen Augenblick seine Hand. „Ich habe *genau* das bekommen, was ich mir gewünscht habe." Ein Licht funkelte in ihren Augen auf, dann gab sie ihm einen weiteren, zärtlichen Kuss auf die Lippen. „Und ich rede nicht vom Ring, Cowboy."

Ich hoffe dir hat die "Ihr" Reihe meiner romantischen Spannungsromane gefallen - vielen Dank fürs Lesen. Wenn du dich fragst, was mit Ryan Sullivan passiert, dann schau mal bei meiner Serie *"Kalte Gerechtigkeit - Most wanted"*.

KALTE STILLE - COLD SILENCE

Shane Livingstone, Mitglied des FBI-Geiselrettungsteams, ist frustriert, als eine Verletzung ihn während eines Einsatzes zur Ergreifung eines sadistischen Mörders aus dem Verkehr zieht. Ein Killer, der bösartige Foltermethoden für seine Opfer versteigert und die Ergebnisse gegen Geld im Dark Web anbietet. Als ein Teamkollege während des Einsatzes stirbt, ist Shane am Boden zerstört und schwört, das Monster, das dafür verantwortlich ist, zu finden – doch dafür braucht er Zugang zu speziellen Fähigkeiten, die er selbst nicht hat.

Ein blutiges Katz- und Mausspiel...

Als White-Hat-Hackerin in Alex Parkers Sicherheitsfirma weiß Yael Brooks, wie man Verbrecher in den dunkelsten Winkeln des Cyberspace aufspürt. Sie kann Shanes Bitte nicht ablehnen ... obwohl sie befürchtet, dass ihre eigenen Geheimnisse sie in Gefahr bringen könnten.

Mit einem Serienmörder, der es persönlich nimmt...

Shane und Yael müssen als Team zusammenarbeiten, wenn sie eine Chance haben wollen, diesen Psychopathen aufzuhalten. Als die beiden sich näherkommen, fordert Shane Yaels volles Vertrauen ein, doch genau das ist das Einzige, was Yael nicht bereit ist zu geben. Als die Verfolgungsjagd immer intensiver wird und immer mehr Menschen sterben, wird klar, dass der Mörder genau weiß, wer Yael ist, und dass er plant, sowohl von ihr auch von Shane den ultimativen Preis dafür zu verlangen, dass sie ihm in die Quere kommen.

Schnapp dir heute noch deine Ausgabe von *Kalte Stille - Cold Silence*!

Magst du Romantische Militär-Einzelromane? Ich hab' da einen, der dir gefallen könnte *"Tödliches Spiel (The Killing Game)"*. Es unterscheidet sich etwas von meinen anderen Romanen, da darin britische SAS Soldaten die Protagonisten sind und es spielt vor ein paar Jahren. Es hat aber ein Happy End und eine fesselnde Geschichte!

TÖDLICHES SPIEL (THE KILLING GAME)

"Ich musste die Geschichte unbedingt in einem Rutsch durchlesen, weil ich das Ende kaum erwarten konnte. Ich gebe dafür die volle Anzahl der verdienen fünf Sterne. Ein klasse Roman." Review.

Eine Biologin, die Schneeleoparden erforscht, gerät ins Fadenkreuz, als Geheimnisse aus dem Kalten Krieg drohen, einen Spionagering auffliegen zu lassen, und ein britischer Elitesoldat muss sich zwischen seinem Land und seinem Herzen entscheiden.

Die Wildtierbiologin Axelle Dehn will nicht zulassen, dass jemand ihren vom Aussterben bedrohten Schneeleoparden schadet – weder der Wilderer, der die Tiere töten will, noch der Soldat, der sie als Köder benutzt. Doch Axelle wird unwissentlich in einen Konflikt verwickelt, der drei Jahrzehnte zurückliegt und der einen Krieg zwischen zwei großen Nationen auslösen könnte.

Der britische SAS-Soldat Ty Dempsey soll einen berüchtigten russischen Terroristen in einer abgelegenen Region Afghanistans zur Strecke bringen. Dempsey hat bisher noch nie bei einer

Mission versagt, doch als Axelle von dem Russen entführt wird, muss er sich zwischen seiner Pflicht und seinem Herzen entscheiden. Er setzt alles aufs Spiel, um die entschlossene, eigensinnige Frau zu retten, in die er sich verliebt hat. Dabei setzt er jedoch eine Reihe tödlicher Ereignisse in Gang, die den erfolgreichsten Spion der Geschichte auffliegen lassen könnten. Einen Spion, der jeden vernichten wird, der sich ihm in den Weg stellt.

Schnapp dir heute noch deine Ausgabe von *Tödliches Spiel* (*The Killing Game*)!

Da fällt mir ein, hast du schon mit der *Kalte Gerechtigkeit*-Serie begonnen? Wenn nicht, kannst du hier das erste Kapitel meiner mehrfach preisgekrönten Reihe von romantischen Thrillern lesen.

EIN KALTER, DUNKLER ORT (A COLD DARK PLACE)

Gewinner des New England Reader's Choice Award und des Aspen Gold.

Der ehemalige CIA-Attentäter Alex Parker arbeitet für eine geheime Regierungsorganisation, die entschlossen ist, Serienmörder und Pädophile außer Gefecht zu setzen, bevor sie mit der Justiz in Berührung kommen. Alex tötet nicht gerne, aber er ist verdammt gut darin.

FBI Special Agent Mallory Rooney hat Jahre damit verbracht, den Verbrecher zu jagen, der ihre Zwillingsschwester vor achtzehn Jahren entführt hat. Jetzt, während einer laufenden Ermittlung in einer Mordserie, drängt sich Mallory der Verdacht auf, dass es eine Selbstjustizbewegung gibt, die außerhalb des Gesetzes operiert.

Als Mallory anfängt, Fragen zu stellen, bekommt Alex den Befehl, sie zu überwachen. Aber als sie sich begegnen, verlieben sich die beiden ineinander. Die vielen Lügen und der wiederholte Verrat, die Alex' Leben ausmachen, drohen sie beide zu zerstören – insbesondere, als der Mann, der ihr all die Jahre zuvor die Schwester genommen hat, nun Mallory als sein nächstes Opfer wählt.

***Ein kalter, dunkler Ort (A Cold Dark Place)* ist hier erhältlich.**

Auf meiner Website findest du alle deutschen Übersetzungen
meiner Bücher: www.toniandersonauthor.com/german

Melde dich für meinen deutschsprachigen Newsletter an und
erhalte zwei kostenlose, exklusive „Kalte Gerechtigkeit"-
Kurzgeschichten sowie Informationen darüber, wann meine
nächste deutsche Übersetzung verfügbar ist.

Danksagungen

Ich habe *Ihr Risiko* auf Bitten meiner Leserschaft nach mehr Geschichten von der Triple H Ranch geschrieben. Als ich *Ihr Zufluchtsort* ursprünglich geschrieben habe (mein allererstes Buch, ich habe fünf Jahre gebraucht, um es fertigzustellen, und die Erstausgabe erschien 2004), beinhaltete das Buch noch eine dritte Liebesgeschichte. Diese Nebenhandlung musste ich allerdings letztendlich streichen, weil die Geschichte von Eliza und Nats Beziehung und den holprigen Anfängen von Marsh und Josie ohnehin schon kompliziert genug war. Was ich nicht bemerkt hatte, bis ich *Ihr Zufluchtsort* erneut gelesen habe, war, dass ich jede Spur der Gefühle zwischen Cal und Sarah rausgestrichen hatte. Sie hatten ihre Liebesgeschichte verloren. Und obwohl ich nicht das Gefühl hatte, einen ganzen Roman darüber schreiben zu können, was diesen beiden Figuren als Nächstes zustoßen würde, fand ich, dass sie ihr eigenes Happy End verdient hatten. Und so wurde die Idee dieser Novelle geboren.

Ich möchte meiner Lektorin Alicia Dean und meiner fantastischen Kritikpartnerin Kathy Altman für all ihre Hilfe und Unterstützung beim Schreiben der ursprünglichen Bücher danken. Ein Dank geht ebenfalls an Elaini Caruso, die die aktualisierten Ausgaben von 2021 korrekturgelesen hat. Der größte Zuspruch von Liebe und Dankbarkeit gilt natürlich meinem Mann und meinen Kindern, die mich jeden Tag aufs Neue ertragen, selbst wenn ich nicht einmal Zeit habe zu duschen. Ich liebe euch!

Danke auch an mein Team für deutsche Übersetzungen: Martin Wick, Stef Mills und meine wunderbare Beta-Leserin

Antje. Tausend Dank auch an meine Assistentin, Jill Glass für ihre wunderbare Organisation!

Über den Autor

Toni Anderson schreibt düstere, heiße, romantische Thriller über das FBI-Milieu und ist *New York Times* und *USA Today*-Bestsellerautorin. Ihre Bücher haben viele Auszeichnungen gewonnen, darunter den Daphne du Maurier Award for Excellence in Mystery and Suspense, den Readers' Choice Award, den Book Buyers' Best Award, den Golden Quill Award, den National Excellence in Romance Fiction Award sowie den National Excellence in Story Telling (NEST) Wettbewerb. Sowohl im Vivian Wettbewerb als auch für den RITA Award der Romance Writers of America stand sie in der Endauswahl. Ihre Bücher wurden mehr als zwei Millionen Mal heruntergeladen.

Vor allem bekannt durch ihre „*KALTE GERECHTIGKEIT*"-Reihe, ist es vielleicht nicht überraschend, dass Toni in einem der extremsten Klimas der Welt lebt − in Manitoba, Kanada. Als ehemalige Meeresbiologin vermisst Toni das Meer, aber zum Glück kann sie zur Recherche für ihre Bücher viel reisen. Im Januar 2016 besuchte sie die Zentrale des FBI in Washington, D.C. und nahm an einer Führung durch die Weltweite Kommando- und Kommunikationszentrale des FBI (SIOC) teil. Sie hofft, aufgrund ihrer Google-Suchen nicht verhaftet zu werden.

Auf meiner Website findest du alle deutschen Übersetzungen meiner Bücher: toniandersonauthor.com/german

Melde dich für meinen deutschsprachigen Newsletter an und

erhalte zwei kostenlose, exklusive „Kalte Gerechtigkeit“-Kurzgeschichten sowie Informationen darüber, wann meine nächste deutsche Übersetzung verfügbar ist.

Toni liebt es, von Lesern zu hören:
E-Mail: toni@toniandersonauthor.com
Website: www.toniandersonauthor.com/german
Lerne Toni online kennen:

facebook.com/ToniAndersonDeutscheBucher

instagram.com/toni_anderson_author

www.ingramcontent.com/pod-product-compliance
Lightning Source LLC
Chambersburg PA
CBHW051233210726
48290CB00003B/941